A NOITE DOS OLHOS

HELOISA SEIXAS

A noite dos olhos

Contos

Grafia atualizada segundo o Acordo Ortográfico da Língua Portuguesa de 1990, que entrou em vigor no Brasil em 2009.

Alguns contos deste volume, aqui retrabalhados, foram publicados anteriormente em antologias ou na imprensa.

Os versos de "O corvo", de Edgar Allan Poe, citados no conto "Hórus" foram retirados da tradução do poema realizada por Milton Amado.

Capa e foto
Milena Galli

Preparação
Márcia Copola

Revisão
Thaís Totino Richter
Adriana Bairrada

Os personagens e as situações desta obra são reais apenas no universo da ficção; não se referem a pessoas e fatos concretos, e não emitem opinião sobre eles.

Dados Internacionais de Catalogação na Publicação (CIP)
(Câmara Brasileira do Livro, SP, Brasil)

Seixas, Heloisa
A noite dos olhos : contos / Heloisa Seixas. — 1ª ed. — São Paulo : Companhia das Letras, 2019.

ISBN 978-85-359-3259-1

1. Contos brasileiros I. Título.

19-27418 CDD-B869.3

Índice para catálogo sistemático:
1. Contos : Literatura brasileira B869.3

Maria Paula C. Riyuzo – Bibliotecária – CRB-8/7639

EDITORA SCHWARCZ S.A.
Rua Bandeira Paulista, 702, cj. 32
04532-002 — São Paulo — SP
Telefone: (11) 3707-3500
www.companhiadasletras.com.br
www.blogdacompanhia.com.br
facebook.com/companhiadasletras
instagram.com/companhiadasletras
twitter.com/cialetras

Para Mariza Good,
que adormeceu

Sumário

Dilema no escuro

Os dedos da mulher tremeram quando ela passou o ferrolho na porta, trancando-se no banheiro. Não acendeu a luz. Não precisava. Os celulares — esses pequenos instrumentos do demônio — são como as estrelas: têm luz própria.

Apertou com força o aparelhinho na mão, sentindo a superfície lisa e fria. Era ali que estava a resposta. Sim ou não? Seria verdade? *Não é possível, não posso acreditar.*

Sentou-se no banco junto ao boxe, encostando-se ao toalheiro elétrico. Seus gestos eram lentos, medidos, fazia tudo como se estivesse debaixo d'água, ou na lua, ou em outra dimensão. O corpo se movimentava quase à sua revelia, mãos trêmulas agarradas ao celular, sem querer largar. Não podia fazer nenhum ruído. E se Benjamim acordasse? O banheiro era no fim do corredor, longe do quarto, é verdade. Mas ainda assim havia o risco.

Respirou fundo. Tentou se acalmar pensando em alguma coisa boa, um lugar distante, calmo, limpo. Sempre fazia isso nos momentos de agitação, costumava funcionar. Tentou. Uma praia. O sol batendo nos olhos fechados, cheiro de capim. Um silêncio enorme à sua volta. Estava sozinha, quieta. Podia sentir nas costas as ripas da madeira de alguma espreguiçadeira. Um hotel, talvez. Uma ilha, quem sabe? O mar, dele podia sentir o cheiro. Era um mar manso, de baía. Mar de águas paradas. Droga! O barulho da descarga quase a fez saltar. As águas pútridas de um vaso sanitário, sendo esgotadas por um vizinho insone, acabavam de cortar a madrugada, tsunâmi de real invadindo seu devaneio.

Endireitou-se no banco, esticou as costas. Postura. As narinas expandidas sentindo o ar entrando e saindo, entrando e saindo. Pensou em recomeçar. Mas, antes, pressionou o pequeno botão vermelho do toalheiro elétrico. Queria sentir nas costas o calor, esperar que as ondas mornas que circulavam por aquele encanamento prateado transmitissem a seu corpo a antítese da frialdade, do fio de gelo que lhe subia e descia pelo estômago, pela glote.

Tinha recebido o bilhete de manhã. Alguém botara embaixo da porta. O bilhete que denunciava tudo, dava detalhes. Muitos detalhes. E dizia que, se ela tivesse dúvida, que procurasse as mensagens no celular dele.

A mulher olhou para o aparelho em suas mãos. O celular do marido. Seus olhos, já acostumados à penumbra, percebiam o brilho do vidro, a moldura de metal. Benjamim nunca me escondeu nada, ele sabe que eu tenho a senha. Essa é a maior prova de que é tudo mentira, uma intriga de alguém que tem inveja de nossa felicidade. Somos um casal tão querido, tão admirado e… Mas e se fosse verdade?

Precisava saber. Tomar coragem, pressionar o pequeno botão, ver a tela se iluminar, procurar as mensagens. Ler. E pronto. Tudo estaria esclarecido. Era simples, não precisaria nem comentar com ele, nada, nada. Amanhã seria outro dia, tudo estaria esquecido. Os detalhes. Muitos detalhes. Mas era intriga, tinha certeza, só podia ser. *Tinha de ser.*

Ligou o aparelho, o dedo pressionando a mínima saliência na borda. Digitou a senha, observou os ícones. Um deles, verde, o ícone das mensagens, olhava para ela como um olho de gato. Mas Benjamim nunca. Um homem tão digno, tão ético. Sempre tão correto em tudo. Os maridos das amigas eram diferentes. Deles, ela esperaria qualquer coisa. Mas não de Benjamim. Seu marido era um homem verdadeiro.

Desde jovens, quando se conheceram, ela o admirava. O encontro acontecera em uma festa da Faculdade de Medicina, onde Benjamim estudava. Por que ela fora àquela festa? Já não sabia bem, mas talvez tivesse sido por causa de seu trabalho de voluntária na organização de apoio a pessoas com aids. Na época, a doença era uma sentença de morte e ela se sentira compelida a ajudar. Nos quartos dos hospitais públicos, esqueletos ainda recobertos de pele olhavam para ela do fundo dos lençóis encardidos. Às vezes, havia um sorriso, um aperto de mão. Mãos amarelas, manchadas, peles que pareciam pertencer a outra categoria de seres, não a humanos. Medo. Dor. Mas um impulso a levava a continuar com as visitas. As reuniões do grupo se davam às quartas-feiras, em uma pequena sala da praça Saens Peña, na Tijuca. E os voluntários às vezes assistiam a palestras de médicos, na universidade. Viera talvez daí o contato, o convite para a festa de fim de ano na Faculdade de Medicina.

Benjamim. A recordação era fragmentada, mas ela revia mentalmente os recortes, o bambuzal derramado sobre o jardim, voltava a ouvir as conversas à beira de uma piscina de água verde, o murmúrio da mata. Fora tudo muito repentino, muito natural. Poucos anos depois, quando Benjamim se formou, já estavam casados.

Juntos, tinham sonhado com um mundo melhor. Benjamim era um homem especial. Transparente. De uma franqueza às vezes desconcertante.

"Não vamos ter filhos", disse um dia.

Assim, sem meias palavras. Ela ficou olhando para ele, em silêncio. Benjamim explicou que o mundo precisava deles por inteiro, seriam servidores dedicados. Se tivessem crianças para cuidar, isso os desviaria do caminho. Ela aquiesceu. Tudo o que ele dizia fazia sentido.

Com o tempo, a dedicação dele se aprofundou. Horas e horas, todos os dias da semana, às vezes também aos sábados, domingos, feriados, Benjamim estava no hospital. A mulher compreendia. Mas com ela própria acontecera uma transformação. Passados alguns anos, se afastara de seu trabalho de voluntária. De repente, já não suportava o convívio com os doentes, aqueles rostos encovados, a pele escura que crestava o sorriso, os lábios ressequidos que a faziam pensar em lagartos. Tomou horror. Ainda continuou indo às reuniões, mas as visitas às clínicas não conseguiu mais fazer. Sua garganta se trancava, sentia subir pelas costas um arrepio de horror. De nojo. De medo. Mentiu. Disse aos companheiros do grupo voluntário que estava grávida, que a convivência insalubre lhe seria impossível. Meses depois, desapareceu das reuniões na Saens Peña sem se despedir.

Agora o calor emanava do metal às suas costas. O líquido misterioso que percorria os canos do toalheiro elétrico já estava quente. Ela nunca entendera bem como era o processo. Mas tinha uma satisfação imensa em sair do banho e encontrar a toalha seca, quentinha. O celular também estava quente. Mas Benjamim jamais faria aquilo. Um caso, talvez, ela ainda podia admitir, mas não uma traição tão grande. Toda uma vida paralela, casa, filhos. Filhos nunca! *Não podia ser.*

Mas e se fosse, e se fosse? O bilhete dava detalhes, muitos detalhes, o endereço, os nomes, uma coisa sórdida. Levantou-se do banco. Sentiu a pele nua das costas descolando do calor do toalheiro. Ficou de pé, a palma queimando, a outra mão amparada à parede. Sentia-se tonta, nauseada. Talvez devesse enfiar o dedo na garganta. Aliviar-se. Arrancar de dentro de si aquela história, aquele ponto escuro de dúvida, de mentiras, de calúnias, aquele bolo de horror.

Ergueu a tampa do vaso. Observou o chão de ladrilhos. No escuro, os desenhos do piso hidráulico formavam olhos, as figuras geométricas ondulavam, todo o chão parecia fugir sob seus pés. Não podia ser verdade. Se fosse, teria que jogar fora uma vida inteira de certezas. Não podia ser! Não, não, não, não deixaria que fosse. Não se deixaria levar por aquela mentira, aquele absurdo, o lodo desconhecido que ameaçava invadir sua vida perfeita, linear. Limpa. O celular queimava, queimava. Uma película de suor lhe porejava das mãos, quase como uma súplica. *Melhor não saber.* E com um impulso a mulher abriu os dedos. O celular caiu no vaso. Como uma geleira que se desprende na solidão antártica, respingou água para todo lado.

Alexia

Abriu os olhos. Não devagar, como costumava, mas de uma só vez. O movimento rápido, inesperado, fez alguma coisa arranhar sob a pálpebra, como se faltasse lubrificação às córneas. Estranho porque, ao mesmo tempo, sentia os olhos aquosos, a visão baça, levemente fora de foco. Talvez fosse tudo consequência do acordar tão brusco, ela que era uma pessoa quase catatônica, que precisava se arrastar para fora da cama todas as manhãs em direção à cozinha. Ali, às apalpadelas, mal conseguindo manter os olhos abertos, preparava o café salvador, cujo primeiro gole a colocaria, aí sim, em contato com o mundo. Mas hoje não. Hoje seu acordar fora instantâneo, diferente.

Mexeu-se na cama, virando sobre o lado esquerdo. Isso a deixou de frente para a janela entreaberta, por cuja fresta penetrava a claridade da manhã. Estava fazendo sol. Com o apoio dos braços, sentou-se na cama e esfregou os olhos. O mundo pareceu entrar em sintonia. Sentiu-se bem. Levantou-se e se encaminhou para a cozinha. No trajeto, prestou atenção nas plantas dos pés em contato com o assoalho de parquê, a madeira fria, brilhante como água, gostosa de pisar, e lembrou da reunião de trabalho marcada para o final da manhã. Talvez isso explicasse o acordar imediato, o alerta. A reunião com o tal dono da gráfica paulista, com quem via uma possibilidade de se associar. Olhou para o próprio punho, à procura de um relógio que, claro, não estava ali. Mas devia ser cedo, porque tinha acordado antes de o despertador tocar.

Ao passar pela porta da rua, abaixou-se, distraída, para pegar o jornal, que o entregador enfiara pela fresta, dividido em duas partes. Pegou primeiro a parte da frente, depois o resto. Virou o jornal nas mãos e olhou a capa, enquanto seu pé varava o ar em mais um passo na direção da cozinha. E então parou. Parou como se tocada por um encantamento.

Após alguns segundos de imobilidade, pousou o pé no chão, devagar, o pé cujo passo fora suspenso. Piscando os olhos repetidas vezes, revirou o jornal nas mãos, em seguida tornando-o à posição inicial. Franziu o rosto, encostou-se ao portal. Olhou em volta, baixou mais uma vez os olhos. O jornal que tinha nas mãos estava escrito em alfabeto cirílico.

E, o mais estranho: era o *seu* jornal, o jornal que lia todos os dias. Reconhecia o logotipo no cabeçalho, as cores, a distribuição das notícias na primeira página. Até a tipologia usada, tão familiar, os volteios das letras, o formato das serifas. Tudo, tudo. Mas não conseguia *ler* o que estava escrito. Sem tirar os olhos do papel impresso, deu mais alguns passos em direção à cozinha. O que era aquilo?

Encostou-se à bancada, mas não pensou em ligar a cafeteira. Por que recebera um jornal impresso em alfabeto cirílico? Tornou a olhar em volta, sentindo-se tola. Da cozinha, espiou a fresta embaixo da porta da rua, por onde o jornal era introduzido todas as manhãs. Não sabia o que procurava — outro jornal, talvez, o jornal de verdade? —, mas aquilo só podia ser uma brincadeira. Ou um anúncio. Claro! Era isso, só podia ser. Um anúncio. Por trás daquela página em alfabeto cirílico, na certa haveria outra igual, só que escrita em português. Virou a ponta da capa do jornal e olhou, mas não precisou de mais que um segundo para ver que a segunda página também estava escrita em cirílico. Não podia imaginar qual o significado daquilo. Sentiu um leve formigamento nas mãos, ao mesmo tempo em que a sensação de estranheza ia se solidificando.

Dobrou o jornal, botou debaixo do braço e refez o caminho até a cama, talvez pensando em recomeçar tudo do início, imaginando, por improvável que parecesse, se no quarto não encontraria uma explicação para o enigma. Talvez ainda estivesse sonhando, alguns sonhos são tão reais que quando acordamos ainda sentimos seus gostos e cheiros. Riu do absurdo. Sentou-se na beirada do colchão e fechou os olhos.

Moscou. O túnel, a parede apainelada de madeira escura, a luz cor-de-rosa dos apliques art nouveau, passando, passando, enquanto a escada rolante leva você para baixo. A sensação de reconhecimento, como se já tivesse estado lá, somada à solidão selvagem, o sobressalto de se ver perdida no metrô daquela cidade desconhecida, cercada por pessoas silenciosas, de cabeça baixa, atravessando corredores em curva, passando por painéis luminosos que não lhe dizem nada, que não lhe dão uma resposta porque estão escritos em alfabeto... cirílico.

Abriu os olhos. A seu lado na cama, estava o jornal de letras indecifráveis. Passou os dedos pela superfície de papel. Era real. O lençol sobre a cama e a réstia de sol que entrava pela fresta da cortina e o contato da sola do pé com a madeira do chão, tudo, tudo era real. Mas a estranheza parecia crescer, como se uma irrealidade fosse aos poucos tomando o mundo concreto à sua volta, como se a fantasia se imiscuísse em sua vida palpável, corroendo as fronteiras.

Moscou. As gigantescas luminárias de opalina, com detalhes em bronze, pendem do teto sobre sua cabeça, sobre o chão de mármore cor-de-rosa, onde ecoam passos longínquos, sons que parecem ficar suspensos no ar como as notas de um piano fantasma. Você está com medo, você está só. O saguão de pé-direito altíssimo tem todo ele a cor da aurora, mas uma aurora alienígena, deslocada, onde o desconhecido espreita, preparando-se para... Você sente que precisa sair dali, o mais rápido que puder. Tenta correr, mas seus pés estão pesados, a imagem do corredor à sua frente é disforme, seu peito dói. Você se esforça, insiste, parece um sonho. Agora, sim, você conseguiu. O corredor de paredes esverdeadas é sinuoso, mas não é possível ver aonde vai dar, suas mãos tateiam a parede oleosa, talvez lembrando o couro de um réptil, e o pensamento que a agulha é interrompido pela visão de nova escada rolante, ainda mais íngreme que a primeira. Sua mão direita se agarra ao corrimão e você se deixa tragar, de olhos fechados, mais uma vez, enquanto a mão esquerda, viscosa, tenta em vão enxugar o suor frio do rosto.

O suor frio. De olhos bem abertos, viu que a sensação de arranhão nas córneas se repetia. Olhou desolada para o jornal sobre a cama, as letras sem sentido, o alfabeto do sonho, o alfabeto da memória que traz de volta um momento de pavor, no qual havia muitos anos você não pensava, do qual nem se recordava mais. Perdida no metrô de Moscou, sozinha percorrendo os saguões e corredores, subindo e descendo escadas, cercada por um mundo de extrema beleza mas inóspito como o nascer do sol na planície de um planeta distante.

O que está acontecendo comigo?

Resolveu que era hora de acabar com aquilo, a tentativa de entender o que não tem sentido, precisava fechar o foco de atenção, reduzir o campo, tomar decisões precisas, organizar. Primeiro: tomar banho e sair. Não podia se atrasar para a reunião, uma reunião tão crucial. O resto não importava. Para que pensar no jornal? Talvez estivesse com estresse, andava trabalhando demais, pouco tempo para namorar, divertimento zero, só trabalho, trabalho. Decidiu não pensar em mais nada, deixou o jornal jogado sobre a cama. As mãos continuavam formigando.

Abriu o chuveiro ao máximo, alternando jatos quentes e frios, como gostava de fazer. Sentiu-se revigorada, mas em dois ou três momentos, ao fechar os olhos sob a água, teve outra vez a impressão de estranhamento, como se alguma coisa estivesse fora do lugar e o mundo real oscilasse, maleável, incerto, ondas de calor sobre o asfalto no verão. Sim, era verão em Moscou, lembrava-se muito bem, embora aquilo tivesse acontecido muitos anos antes. Na plataforma vazia o calor era grande, um calor que a fez pensar: *nem parece a Rússia*, e foi nesse exato instante que você o viu. O mendigo, o mendigo de roupa azul, com a barba enorme, o semblante fechado, os olhos negros cravados em você, aquele olhar de ódio inexplicável, por quê?

Sem dúvida, estou esgotada, pensou, pegando a toalha. Gostava de se enxugar sentada na beirada da cama, mas dessa vez evitou fazer isso, pois não queria ficar olhando para o jornal. Já estava seca, começando a passar creme no corpo, quando se lembrou de duas coisas: 1) não tinha tomado café e 2) talvez por isso esquecera de tomar suas pílulas matinais. Sabia que não se deve tomar remédio com o estômago vazio, mas a constatação de que esquecera de tomar as vitaminas e o antidepressivo a deixou ainda mais inquieta. Não esquecia *nunca*, eram uma espécie de continuação de seu próprio corpo, como então pudera passar todos aqueles minutos desperta e sem pensar no assunto? Estresse, agora estava certa. Só podia ser. Enrolou a toalha no cabelo molhado e, nua, caminhou até a mesa de cabeceira para pegar seus remédios. Abriu a gaveta e a primeira coisa que viu foi a caixa do antidepressivo. Caiu sentada na cama.

O nome do remédio estava escrito em alfabeto cirílico.

Ficou muitos segundos assim, imóvel, as mãos ao lado do corpo, os olhos pregados na caixa azul, vermelha e branca, tão sua conhecida. Muitos segundos. Não queria se mover. Não queria fazer nenhum gesto que interferisse na realidade, temia que esta se dissolvesse de vez. Mas tampouco podia fechar os olhos. Seria ainda mais perigoso. Olhos. Olhos negros, muito negros. O mendigo não pisca, não para de olhar para você, *ele sabe*, agora você não tem mais como escapar. Agora ele a reconheceu.

Em um impulso, agarrou a caixa do antidepressivo. Não pode ser, não pode. Tem de haver uma explicação, mas não quero — não posso! — pensar nisso agora. Sem se fixar na embalagem, abriu-a, puxou a lâmina prateada e apertou-a sobre um comprimido, fazendo-o saltar. Talvez isso ajudasse. Engoliu-o em seco, com raiva. Danem-se as vitaminas! Não abriria aquela gaveta outra vez por nada neste mundo. Não antes da reunião. Nenhuma loucura ia atrapalhar sua reunião. Arrancou a toalha molhada da cabeça, penteou os cabelos às pressas e começou a se vestir. Movia-se de forma atabalhoada, aos arrancos, como quem está em cima da hora para pegar um trem. Não, não vai pensar em trens agora, não vai. Precisa se concentrar muito. Reunir as forças. Descer, pegar o carro, ir para a reunião. Olhou o relógio digital sobre a mesinha e, com alívio, viu os algarismos brilhando no mostrador. Não se transformaram em caracteres chineses nem nada parecido, estão normais, como sempre estiveram.

Mas a roupa, a roupa. Os escarpins ou a sandália preta? Não sabe, sente-se confusa, algo a retém, retarda seus movimentos, como aconteceu no sonho do metrô, ou talvez na vida real, muitos anos antes, já não lembrava. De repente, deu um salto. Um ruído estridente a pegou por trás, como um projétil. O coração pareceu dividir-se em dois, começando a bater na garganta. O ruído era do despertador, avisando-a tardiamente da hora de sair da cama. Inútil, a manhã assombrada se revelara por força própria.

Deu um risinho, fez esforço para se acalmar. A reunião tão importante, a mais importante desde que abriu a editora. Ao longo de tantos anos, com tantas dificuldades, altos e baixos, talvez nunca tenha vivido uma hora tão fundamental. É por isso. Só pode ser essa a explicação. Está vivendo um momento de grande ansiedade, então alguma coisa saiu do lugar. Mas isso não é nada. Não é nada. Vai passar. Daqui a pouco passa. Você nem vai lembrar.

Em menos de dez minutos, já descia de elevador em direção à garagem. Entrou no carro e virou a chave na ignição. Antes mesmo de engatar a ré, foi ligando o ar-refrigerado no máximo. Sentiu o vento gelado no rosto e, quase sem querer, fechou os olhos. O vento morno da estação, o trem chegando, a única saída, a válvula de escape. Você não pode voltar por onde veio, ele agora está diante do vão que dá para a escada. Olhou a garagem em torno, precisava sair da penumbra. Lá fora tudo vai se encaixar, lá fora, quando estiver a caminho da reunião, tudo vai voltar à normalidade. Será uma manhã comum. Está até fazendo sol.

Não há o que temer, sempre dirigiu tão bem, com tanta segurança. E são poucas quadras, que bom, marcou a reunião na confeitaria francesa, com seu mezanino onde os vinhos ficam expostos em vitrines. Ali é agradável e silencioso, ideal para um café da manhã com o futuro sócio, se tudo der certo. Mas vai dar, vai dar.

Queria chegar logo, antes dele, para discutir com a sócia alguns detalhes da reunião, ao mesmo tempo em que tomaria uma boa xícara de café, que era o que lhe faltava para ficar inteiramente desperta. A outra vantagem da confeitaria francesa é que fica bem perto de casa, poderia até ir a pé, mas chegaria suada, não valia a pena. É só chegar e entregar o carro para o manobrista. Com o ar gelado do carro seu cabelo já estará seco, ótimo. Cabelo curto é bom por isso. Mas sentia, sim, o cansaço estranho, algo que não deveria sentir, não podia negar. E as mãos continuavam formigando.

Seguiu adiante como um autômato, a mente longe dali. Nem percebeu que tinha esquecido o celular em casa. Atrás dos vidros escuros, fechados, mal ouvia as buzinas. É perto, é bem perto. Não há o que temer. No silêncio do carro, protegida por janelas de insulfilm, via a realidade em torno como algo distante, quadras, jardins, pessoas sendo parte de um cenário de novela, uma cidade cenográfica. Por um lapso mínimo de tempo, seu olhar resvalou para uma placa verde, uma sinalização, mas ela desviou os olhos a tempo, não podia correr riscos. Será que a placa também... Riu um riso nervoso. Tudo parecia tão pequeno na rua, tão insignificante, visto do alto de sua Pajero preta, direção hidráulica, tração nas quatro rodas, monstro capaz de enfrentar qualquer guerra urbana. Lá fora, na maquete, as pessoas desempenhavam papéis, estavam imóveis, estáticas, à espera do clique de uma máquina fotográfica ou da ordem de um diretor. Uma cidade de mentira. Não, ela não precisava ter medo de nada.

Diante da confeitaria, estacionou e entregou a chave ao manobrista, que fez uma mesura mas não sorriu. Tinha o semblante fechado. Ela murmurou um agradecimento entre dentes e pegou o papelzinho com o número, guardando-o na bolsa. Ao atravessar a calçada de pedras portuguesas, teve por um instante a sensação de que a porta de madeira vermelha e vidro bisotê estava mais afastada do que antes, mas, bobagem, era impressão. Baixou a vista. Apressou o passo, olhando para as pedras pretas que formavam desenhos, as pedras que brincava de pisar quando caminhava de mãos dadas com a mãe, na calçada de ondas desenhadas. As pretas, só as pretas, as pretas eram seu porto seguro. Se pisasse em alguma pedra clara, seu coração saltava, era como cair no abismo. Mas agora é melhor andar de cabeça erguida, os desenhos podem de repente hipnotizá-la, podem a qualquer momento tragá-la para o perigoso universo dos sonhos, um mundo rosado e penumbroso, cujo hálito morno envolve e envenena os desatentos, que se movem sem cuidado por corredores e escadas e de repente podem se deparar com um par de olhos negros cheios de ódio. Não vai deixar. Ergueu a vista e sorriu para o porteiro, entrando na confeitaria.

Olhou para o mezanino e acenou. A sócia já chegou, sempre tão pontual. Ótimo. Dirigiu-se à escadaria com corrimões trabalhados. Estava satisfeita, a inquietação tinha passado. Tudo agora ia se ajustar. Olhou para os escarpins de bico fino enquanto seus pés galgavam os degraus de ferro fundido, um a um. Pensou vagamente que talvez devesse ter posto outro vestido, que esse não combinava com os escarpins cor de café, mas talvez fosse bobagem, talvez tudo fosse culpa da ansiedade pelo encontro com o possível futuro sócio. Chegou ao mezanino. Notou que a sócia tinha uma expressão estranha. Parecia surpresa. Ou talvez inquieta. Será que o dono da gráfica ligara dizendo que não viria?

Aproximou-se da mesa, ainda sorrindo, ou tentando sorrir, porque uma força invisível pareceu de repente retorcer o canto de sua boca. O coração batendo forte de novo — teria sido o esforço de subir a escada? —, as mãos querendo adormecer, o sorriso travado, encostou-se à mesa. O que era aquilo? Por que estava tão nervosa? E se o futuro sócio não viesse? E se tudo desse errado?

O que houve?, tentou perguntar. Mas nenhum som saiu de sua boca. A sócia olhava-a estática, os lábios entreabertos. Engoliu em seco, respirou fundo. Tentou outra vez.

O que houve?

Mas o que emitiu foi um som rouco, gutural, o gemido estrangulado de uma gata no cio.

Moscou. O grito do trem anunciando que vai partir é um grito estridente, no mesmo tom do som escolhido por Hitchcock para pontuar as facadas no chuveiro. Você não tem alternativa a não ser entrar no trem, e se ele entrar atrás, azar o seu. Há quanto tempo está presa neste labirinto rosado, com sua luz mortiça, seus mármores e bronzes, os corredores com pele de lagarto que, viscosos, ameaçam prendê-la para não largar mais? Lá fora já anoiteceu e as ruas de Moscou à noite são desertas, ele vai persegui-la, você não tem para onde fugir. Precisa se decidir, precisa entrar, está perdendo tempo, o trem já gritou uma segunda vez, não vai dar mais! Você pensa em gritar também — *o que houve?* —, mas o som morre em sua garganta e o vento deslocado pelo trem partindo lhe resseca as pálpebras, que você se esforça para fechar.

Quando a realidade é intolerável, é só fazer assim, manter os olhos cerrados. Não mais o mundo instável, de letras indecifráveis, nada de hemisférios danificados, de corredores e vãos escuros tentando subvertê-la, tirar-lhe o chão, estabelecer o caos, suspender a ordem das coisas, tão limpa, clara como uma manhã de sol, como a água do chuveiro. De olhos fechados, vemos apenas espirais e asteriscos, desenhos que se formam no escuro da pálpebra, símbolos incompreensíveis que às vezes se assemelham ao alfabeto cirílico.

A lembrança desencadeia o tremor, você sente que a instabilidade está de volta, com toda a força, mãos como garras que se pregaram em seus ombros, que a sacodem, gritando alguma coisa em um tom premente, aflito, contra o qual você ainda tenta lutar mas não pode, não consegue, e depois de muito resistir, por fim reabre os olhos.

Lá estão, a poucos centímetros, os olhos negros, arregalados, e a realidade ilógica penetra por suas retinas, invade seu corpo, transformando tudo em fragmentos desconexos, porque os olhos do mendigo deveriam estar aqui mas não estão, não são eles! — e o que você ouve é uma voz desesperada de mulher gritando seu nome.

Quando o futuro sócio chegou, soube de tudo. A ambulância havia acabado de sair. O maître, consternado, disse o nome do hospital para onde ela fora levada. Felizmente, tínhamos em uma das mesas um médico tomando café, ele mora aqui ao lado e vem todos os dias, disse. Foi quem primeiro correu para ajudar. Ouvindo que se referiam a ele, o médico, ainda por ali, se aproximou. Perguntou ao novo sócio se este e a moça eram amigos e ele disse "conhecidos". O médico então balançou a cabeça, com ar compungido. E comentou que ela falava com dificuldade mas que chegou a balbuciar "alfabeto cirílico". Provavelmente estava vendo letras trocadas. Pode ter sido um acidente vascular cerebral, disse. Quando a área da linguagem é afetada, a pessoa de repente não consegue mais ler. Alexia é o nome desse distúrbio. Horrível. A recuperação às vezes leva anos. Às vezes não tem nem... Mas no meio da frase ele se calou. O futuro sócio achou melhor não perguntar nada.

Banhos árabes

E havia, claro, o calor, um calor que não se pode adjetivar, um calor que já lhe chegara naqueles primeiros segundos ao cruzar a calçada entre as portas envidraçadas da estação e o interior macio, fresco e escuro do táxi. Macio, fresco, escuro. Era o que queria agora, a pele queimando junto às muralhas de pedra ocre, da cor do deserto, onde parou e se encostou à palmeira, olhando para cima, as folhas como um bico de pena.

Vislumbra pequenos frutos — tâmaras? —, mas nada é bem delineado, nada é nítido, por trás das formas há sempre o sol, o mesmo sol de Camus, que cega e esfacela a razão, o sol que a deixa entorpecida, as pernas frouxas.

Senta-se em um banco de madeira e tenta respirar um pouco, pensando em mudar de lugar à medida que a sombra da palmeira se desloque. Mas sabe que o sol onipresente a perseguirá. Junho, verão, Córdoba, não podia ser diferente. Do outro lado do Mediterrâneo, em alguma parte abaixo do estreito de Gibraltar, a Argélia de Camus devia ser a continuação do deserto cordobês, em ambos a mesma secura, os mesmos tons de tijolo, a vegetação rala, o calor — e aquele sol. Ninguém se expõe assim e continua impune. Nossa alma é crestada.

Escorrega no banco, recosta-se mais. De olhos fechados, sente o sol que, mesmo filtrado pelas palmas, lhe queima a pele do rosto. Sob as pálpebras, um tom laranja se mancha de fogos de artifício, poeira dourada. Como em uma tempestade elétrica, aqueles raios de fogo se espraiam por seu corpo em fios incandescentes, parecendo concentrar-se nos pontos de maior calor, o peito, as coxas, o sexo. Sangue encorpado, correndo lento nas veias, tentando abrir caminho a murro, coração batendo forte, na garganta.

Depois de algum tempo, levanta-se. Devagar, errando pelas sombras raras, vai se encaminhando de volta à esplanada principal, do outro lado do jardim, onde fica a mesquita. A esplanada é só pedra e luz. Nem grama nem arbustos nem flores, nada, nada que amenize o calor. A falta de árvores em determinadas praças do mundo talvez seja penitencial, pensou, uma prova que os seres humanos devem dar de submissão a Deus e às forças da natureza. Qual outra explicação para tanto sol?

Camus. Outra vez, Camus. Em *Bodas em Tipasa*, ele escreveu que, em certas horas da tarde, os campos ficam negros de sol, os olhos tentam em vão divisar outra coisa além das gotas de luz que tremem na borda dos cílios. *Negros de sol.* Pisa a esplanada, o jardim de tamareiras ficou para trás. Tenta abstrair, brincando de pisar em cheio nas pedras do chão, sem deixar que o pé toque as bordas, as ranhuras. Mas o calor lhe entra pela nuca, refletindo-se em um ponto abaixo, onde a fricção das coxas, soltas dentro da saia comprida, também queima. Macio, fresco, escuro. Deve haver um lugar.

Quando cruza o portal da mesquita, está tonta. A porta escolhida ao acaso dá no pátio das laranjeiras, mas isso em nada ameniza o calor. As fontes secas, as cascas podres das frutas que, esborrachadas no chão, atraem insetos, as paredes cercando o pátio, tudo só faz aumentar a sensação de que vai sufocar. Procura com o olhar outra porta que vá dar no interior do templo. Acha.

Fresco, escuro — sim, mas não macio. Ao contrário, é áspero, opressivo. A imensidão deixa-a por um instante estática, sob o portal. As arcadas mouriscas, de mármore e granito, esbatem-se em repetições que remetem ao infinito, mas um infinito de escuridão. Caminhando pela penumbra, que se adensa a cada passo, chega ao coração do templo, e ali encontra o que já esperava, as marcas da profanação. Sabia, porque lera sobre isso, que, ao retomar Córdoba dos mouros, os cristãos tinham construído um enclave católico dentro da mesquita, um templo dentro do outro templo, como uma bofetada, um escárnio. O contraste é chocante. A estética árabe paira soberba, resistindo aos rococós de ouro e pedra. A estética árabe é mais limpa.

Limpa.

E é nesse instante que se lembra.

Tinha visto a tabuleta ao passar, mas seu cérebro, entorpecido pelo calor, mal processara a informação. *Banhos árabes.* Agora a revê mentalmente. Macio, fresco, escuro. Um oásis à sua espera. É isso. É do que precisa. Por que não pensara antes?

De frente para a borda, encostada, com os braços cruzados e a face direita apoiada sobre eles, sente o contato da água morna, quase fria. A superfície, na linha exata do bico dos seios, move-se sobre as aréolas como manoplas de duendes, buliçosas. Sorri ao pensar nisso, mas há uma ponta de susto em sua delícia, devia ser proibido sentir tanto prazer, sozinha e nua na piscina a meia-luz, depois de vagar pelas ruas de Córdoba sob um sol assassino.

Ergue o rosto e espia sobre o ombro, inquieta — a felicidade tem sempre para ela uma tinta de culpa. Observa a água que cintila à luz da lanterna de metal, projetando sombras nas paredes vermelhas. Faz lembrar um abajur proibido que seu avô tinha no quarto, um cilindro preto estampado de figuras femininas que, quando aceso, girava lentamente. Com a luz, as mulheres da estampa se acendiam, exibindo coxas torneadas, pés em ponta, cintura finíssima, cabelos cacheados mal escondendo os seios que saltavam do decote. Ela desejava aquelas mulheres — por quê, se era uma menina? Mas desejava, e com força. Bocas, olhares, sorrisos, mãos, tudo parecia chamá-la. Ficava minutos ali, hipnotizada por aquele giro, sentindo correr sob a pele a poderosa mistura de prazer e medo, deleite e culpa, sempre juntos, sempre.

Sempre, murmura. Rola sobre a borda, desvirando-se. Olha em torno. A beleza mourisca está ali em todas as suas nuances e cintilações. Bem no centro da piscina, de matizes dourados, os ladrilhos formam um ideograma árabe cujo significado ela desconhece. As paredes se erguem quase junto ao espelho d'água, as bordas são muito estreitas. Nos cantos, ou soltos sobre a piscina, estão lanternas e candelabros de metal e vidro bisotê, dos quais emana uma luminosidade acobreada. Espelhos reproduzem os janelões rendados de madeira e, como velas aromáticas foram colocadas em nichos de metal, há por toda parte pontos de luz âmbar, sem que seja possível determinar o que é reflexo, o que é real.

A mulher observa o próprio corpo, estendido à frente, e começa a balançá-lo para cima e para baixo, bem devagar. Quando sobe e vem à tona, a pele morena, de pelos arrepiados, brilha. Quando afunda, as coxas são ampliadas pela lente da água, e o ventre, liso, quase desaparece por trás da silhueta dos seios. Ela brinca com a água. Às vezes, com os olhos semicerrados, vê tudo se distorcer, como se mergulhasse em um precipício de luz.

Tudo aqui parece feito para acariciar os sentidos. Passa a língua nos lábios, a água é levemente salobra. São os sais que a deixam assim tão perfumada, levando a um relaxamento maior. Não há música, só um doce zumbido, um marulhar distante, como aquele que se ouve ao colar o ouvido a uma concha.

Mas, de repente, um de seus sentidos — justamente a audição — se sobrepõe aos demais. *Um marulhar distante.* Talvez esteja enganada, mas acha que ouviu algo. Por trás do murmúrio mínimo de seu próprio corpo na água, há um som abafado, sutil — de alguém que se movesse bem devagar, para não ser descoberto.

Ele está aqui.

Tudo bem, não sente medo algum. Sem fazer nenhum gesto, sem mudar a rota do olhar, apenas com a visão periférica — ela o vê. Percebe quando ele afunda o corpo e desliza. Vê depois quando sua cabeça, apenas a cabeça, emerge e se posta, imóvel, junto à borda, no outro extremo da piscina.

Já o conhece. Reparou nele ao entrar, detrás do balcão. Baixo, musculoso, o cabelo raspado, o rosto liso. Estranhou que não tivesse barba nem traço árabe algum, como esperava. Os homens árabes são sempre bonitos, de uma beleza agressiva, quase suja. Deliciosamente suja. Mas aquele não. Aquele era moreno claro, e tão bem barbeado que por baixo da camiseta branca talvez houvesse um peito nu, sem pelos. Não era seu tipo. Baixo demais, clean demais. E muito jovem. Mas, ainda assim, reparou nele. Ou melhor, viu que *ele reparava nela.* Notou que a seguia com o canto dos olhos, enquanto a moça do balcão apontava o caminho do vestiário. Esse olhar deixou rastros. Sempre foi assim, é outra característica sua: a de se sentir atraída por aqueles a quem atrai.

Foi ele, sem dúvida, quem entrou na piscina.

É uma transgressão, não poderia ter entrado. Ela pagou pela piscina exclusiva, e, mesmo que não o tivesse feito, não seriam comuns ambientes mistos em banhos árabes — nem mesmo em Córdoba.

Mas continua a fingir que não o viu.

Como está na parte mais funda, onde não há degraus, ela pode ficar rente à parede da piscina, quase invisível, o corpo nu mergulhado na água dourada. Vira-se, torna a deitar o rosto sobre os braços cruzados acima da borda — e espera.

Ele virá.

A mão desliza por entre as pernas, devagar, e seus lábios se entreabrem no prazer antecipado. Na luz inquieta, os olhos faíscam, a boca se enche de saliva. Está molhado, aqui. As pontas de dois dedos, indicador e médio, tocam e envolvem a pequena rocha úmida, provocando uma onda de choques. Suas pernas se tornam água. Os olhos continuam fixos na luz, girando com as mulheres. São todas lindas, mas se apaixonou por uma delas, uma loura de lábios carnudos cujas coxas grossas saem de um par de shorts da cor da boca. Queria que suas próprias coxas fossem grossas assim, mas finge que são, não importa. A outra mão sobe e desce ao longo da perna, sentindo a maciez e o calor, a penugem que desponta, assim como no sexo. Ainda falta um pouco, não muito, para virar mulher. E quando isso acontecer quer ter as coxas grossas como as daquela loura, a quem dedica agora o seu prazer.

Ele acontece rápido, em um espasmo que cega, a um só tempo líquido e elétrico, deixando-a sem ar, com a respiração entrecortada. Mas, mal se recuperou, ouve um ruído no corredor.

É uma transgressão, não poderia ter entrado ali.

Sem espanto, abre os olhos e o encara. Ele está a poucos centímetros dela. Esperava vê-lo com um olhar grave, empenhado em tamanha ousadia, mas, para sua surpresa, ele sorri. Sorri e no canto direito da boca se forma uma covinha. É mesmo o rapaz que viu na recepção.

Desfaçatez, sedução, um jogo, uma brincadeira. Para ele, estar ali é a coisa mais natural do mundo. Nem culpa nem perigo, aquele sorriso é seu álibi — e a mulher entende que, assim, tudo será permitido.

Com um ínfimo murmúrio, ele se aproxima. A superfície parte-se em pequenas ondulações laterais, enquanto o tórax se desloca. O peito é mesmo sem pelos, como ela previra. Embora muito forte, ele é ainda mais jovem do que julgava. Um menino. Irresponsável, livre, safado. E ela retribui o sorriso. *Suas pernas se tornam água.*

Ele chega até poucos centímetros dela, a boca se entreabre, mas os braços continuam ao longo do corpo. O sorriso se alarga, ela sente o hálito que tem um sabor de especiaria, canela talvez. Fecha os olhos, sem imaginar que gesto se fará primeiro. Mas os corpos sabem. Em simetria, como se coreografadas, as quatro mãos se tocam sob a água.

O entrelaçar dos dedos aproxima os dois, mas ainda há entre eles uma lâmina de líquido quando ela inclina o rosto para o lado. A cabeça dele pende também, os lábios se tocam. Macio, fresco, escuro. Um beijo que é como uma caverna, toda feita de mucosa e fluidos, suavidade e vigor em perfeita partição, na medida certa. Mil e uma noites se passam enquanto eles se entregam àquele beijo, que, doce a princípio, logo corre solto, livre, louco, atrás das batidas do coração. As mãos se crispam, o ar falta, o sangue lateja nas veias.

Ela abre os olhos, afasta o rosto. Torna a encará-lo, ofegante. Ele volta a sorrir, mas já há uma ponta de desvario em seu olhar. Por um segundo, ela tem a impressão de que vai perder os sentidos. Mas ele, tão jovem, ou talvez por isso mesmo, toma as rédeas, desprende uma das mãos e conduz a mulher até o canto onde há o degrau mais raso.

Ergue-a nos braços, com facilidade quase sobrenatural. Ela sente a rigidez dos músculos que a enlaçam por baixo, atravessando a água. Com imenso cuidado, ele a depõe no degrau. Deitada de frente para ele, o corpo quase à tona, ela sente o arrepio dos mamilos em contato com o ar, as infinitas carícias da linha d'água na pele. E, trêmula, vê quando ele se curva em sua direção. Aproxima o rosto de um dos mamilos e este desaparece em sua boca.

O choque de prazer percorre todo o seu corpo à velocidade da luz, reverberando nos seios, na nuca, no ventre, todos os terminais nervosos ativados ante um único toque — o contato daquela boca. Mas há uma coluna de fogo concentrado, que parece descer direto da garganta até aquele extremo obscuro, úmido, de seu corpo que ele acaba de tocar. Lava vulcânica, matéria em ebulição, bolhas de gozo que se rompem, contaminando a água. O líquido tépido da piscina, em torno, parece prestes a ferver.

Ela vai gritar, ela vai morrer, não queria que fosse assim tão cedo, queria prolongar as carícias por um tempo elástico, impensável, um arco feito de energia e matéria, que se projetasse pelos confins do universo, até desaparecer naquele buraco negro que as constelações, como as mulheres, guardam em seu ponto mais secreto. Mas seu grito é sufocado, ele lhe cobre a boca com novo beijo, mais enérgico, mais feroz. E ela morre em silêncio, como um quasar — incêndio na solidão.

Tudo, tudo desaparece em poucos segundos.

O mundo se acabou em água.

Abrindo os olhos, muito lentamente, anos-luz depois, ela reencontra o sorriso dele, a expressão safada, a ousadia da covinha junto à boca. E sorri também. Nada foi dito até agora, nem uma palavra — nem será.

Ele torna a mergulhar os braços por baixo dela e ergue-a como já fez antes, agora sem a matéria líquida que amenize a força da gravidade. No ar e não na água, ela percebe como de fato ele é forte. Os bíceps saltados, a rigidez dos músculos das costas, o pescoço largo ao qual ela se agarra. Depõe a cabeça sobre o peito dele, entregue, sentindo seu cheiro de homem, enquanto ele a carrega nos braços, subindo um degrau e pisando a borda da piscina.

Caminha com ela pela sala, cuja beleza a mulher torna a admirar. Inspira o ar, o aroma das velas que, como o hálito dele, têm um traço de especiarias árabes. O cheiro de canela parece escorrer do teto, das toras de madeira trabalhada, das paredes vermelhas com gotículas de umidade. A luz âmbar das velas e das lanternas de cobre rendado, com seus reflexos na água, tem a mesma tonalidade quente, tudo envolto em uma nuvem quase imperceptível de vapor.

Sempre com ela nos braços, o rapaz atravessa o umbral em arco, que parece um gigantesco buraco de fechadura, caminho mágico que levará a todos os sonhos, desvendará todos os segredos. A antessala aonde vão dar é, para ela, desconhecida. Não foi por ali que entrou. Estão agora em um aposento espaçoso — o oposto do corredor que levava à piscina —, todo forrado, paredes e chão, de mármore claro com rajas. É iluminado, assim como a piscina, por dezenas de lanternas e velas. Junto às paredes, há bancos de alvenaria cobertos do mesmo mármore rajado, sobre os quais estão empilhados rolos de toalhas brancas. Em um dos bancos há uma bandeja de prata contendo dois copos de cristal bico de jaca e uma ânfora, também de prata, que se assemelha a um samovar.

Quando chega perto desse banco, o rapaz depõe a mulher no chão. Agora que ela está de pé, à sua frente, ele torna a sorrir e, sem deixar de olhar para ela nem por um segundo, pega um dos rolos de toalha. Começa a enxugá-la devagar, friccionando os cabelos, jogando-os para trás, massageando o couro cabeludo com mãos hábeis, que parecem desenvolver aquela tarefa há muitas gerações. O rosto, o pescoço, o colo. Demora-se mais nos seios, esticando a toalha e passando o tecido felpudo na ponta dos dois mamilos ao mesmo tempo. A mulher fecha os olhos, estremece, enquanto mil vulcões rugem e explodem por baixo de sua pele.

Braços, ventre, nádegas, a toalha continua cumprindo seu papel. O rapaz se demora nos pontos mais sensíveis, como se quisesse testá-la, mas ela aceita o jogo e, ainda que trêmula, não faz nenhum gesto. Todos os caminhos, todas as fendas, todas as ilhas, os mais secretos recantos vão sendo tocados, friccionados com delicadeza e energia em doses iguais. Para enxugar-lhe pernas e pés, ele oferece o ombro para que ela se apoie e se curva como um cavaleiro à espera da sagração. E ela pousa um dos pés sobre a perna dele, sentindo a pele se tornar cada vez mais macia.

Com aquele gesto, um flanco se abriu. E o cavaleiro não perde tempo. Ela fecha os olhos, jogando a cabeça para trás, quando percebe o que ele vai fazer. Sente o contato dos lábios na parte interna da coxa que está erguida. A boca procura, caminha, desliza. Doce arrepio, calor e frio, ele chega até a curva da virilha e volta. Tortura, vida e morte, vontade de gritar, mas quando ela mais parece entregue — os papéis se invertem. Em gesto rápido, a mulher se abaixa e o faz levantar-se. De joelhos diante dele, oferece seu beijo submisso.

Ele a recebe, acariciando-lhe os cabelos com as duas mãos — mas não sucumbe, como ela esperava. Ele, tão jovem, é o mestre ali. *Ele tem o controle.*

Com o mesmo sorriso, ergue-a. E, envolvendo-a em uma toalha seca, conduz a mulher pela mão para que sente no banco de mármore. Ali, tira da bandeja um dos copos de cristal e nele despeja dois dedos de um líquido âmbar, que está na jarra de prata. Oferece a ela.

Ela prova. É um chá gelado, com leve gosto de canela e um travo de amargor. Olha para ele, por cima do copo, e o vê fazer um gesto afirmativo. Ela esvazia o copo. E compreende: tudo o que aconteceu até agora é apenas um ritual de preparação.

Ela agora está de pé, a toalha caída, uma das pontas ainda segura pela mão, como uma Vênus de Botticelli. Duas bandas de uma porta de madeira se abriram para que ela entrasse e lhe revelaram mais um cenário de sonho. Um caminho de pontos de luz conduz a um leito branco, largo, coberto de pétalas de rosa. A mulher larga a toalha. Começa a se mover e é como se andasse na água. Talvez esteja só. Não vê o rapaz em lugar algum, mas sente sua presença, o cheiro de canela.

Sabe o que deve fazer. Sobe os três degraus que levam à cama e deita-se bem no centro, sentindo na pele a maciez quase impensável dos lençóis de linho, a carícia das flores, todos os perfumes que estão em toda parte. Sua visão parece borrada, sente uma doce embriaguez, os pontos de luz cintilam em desenhos irregulares, inquietos, formando pequenas rosas dos ventos à sua volta.

O chá. Havia alguma coisa naquele chá.

As luzes se movem, como se moviam as mulheres no abajur, seus olhares acompanhavam a menina, chamando-a, chamando-a. Coxas suculentas, lábios carnudos, colos fartos. As mãos da mulher acariciam os próprios seios, carne contra carne, pele contra pele, e há nesse contato uma maciez tão feminina que ela quase grita quando um braço másculo surge sobre os lençóis.

Outra vez o sorriso. O susto daquela reaparição a deixou quase lúcida, as luzes se encaixam em seus halos, os aromas tornam a fazer sentido. Encarando-o, ela estende as mãos, que enlaçam a nuca do rapaz. Puxa-o para si e ele se deita a seu lado, sem deixar de sorrir.

Outro longo beijo, as línguas se explorando devagar, como se fossem uma só carne. A mulher sente naquele beijo um sabor agridoce, que embriaga. *Ele também tomou o chá.* E, enquanto as bocas se fundem, as mãos dele deslizam por suas pernas, por seu ventre, mais uma vez em infinitos rodeios, que a fazem enlouquecer de desejo. O tempo não passa, o tempo cessou, o universo já não está em parte alguma, existe apenas naquelas mãos, naquela boca, naquele leito macio onde tudo acontece em câmera lenta.

Um dia, em uma galáxia distante, ela desperta. Agora, ele já não a beija. Agora, com firmeza, vira-a de lado, as costas voltadas para ele. *As costas.* Como ele pôde saber? Como adivinhou que é seu ponto mais sensível, mais vulnerável — mais vital?

Ele acaricia suas costas, de baixo para cima, primeiro com as mãos, essas mãos que a água adoçou, depois com a boca, mas só com os lábios, não com a língua, e ela sente seu hálito morno, um sopro de fogo que faz despertar a serpente Kundalini, a deusa da energia, de todas as energias, de todos os chakras, que se movimenta em um ondular ascendente, tomando tudo, espraiando-se, reinando sobre o corpo da mulher, que já não age por conta própria, que agora apenas se submete e obedece. É esse corpo, apoiado nas mãos e nos joelhos, que o recebe. Não mais a carícia suave, a mão, a boca, o contato macio de pele com pele. O beijo quase feminino se transforma agora em gesto de posse, virilidade, força. Enlaçando-a por trás, um dos braços musculosos amparando-a pela cintura, ele parece não temer a planta carnívora que o vai sugando, sorvendo seu calor, sua pulsação, seus fluidos. Mas quando os dois, enlouquecidos, estão prestes a explodir juntos — ele para.

Susta o movimento.

Ela vira o rosto, louca, a garganta trancada de desejo. Ele a mantém assim, em suspenso, presa a ele por aquele fio em brasa mas dominando-a para que não se mova, não agora. Quer prolongar ao máximo o prazer. Mil vezes ela explode por dentro em silêncio, olhando com olhos súplices, pedindo que ele a liberte.

E ele responde com um beijo, outra vez um beijo suave, como se uma porção mulher emergisse de seu corpo e saísse vencedora. Um carrossel de luzes, girando, girando, longos cachos de cabelo sobre colos cor de mármore, desejos há muito escamoteados, escondidos nas fendas mais secretas, e ela sente que gira também, braços fortes a tomam pela cintura, braços de uma deusa misteriosa com torso de homem e lábios de mulher.

Ela abre os olhos. Está perdendo o controle, as luzes tornam a bruxulear em seus cílios. Não pode ser, já não está de joelhos, mas deitada de costas na cama. Ele está à sua frente, ergue-se sobre ela. Como? Ele a girou no ar, em seus braços de ferro.

Sente seu hálito agridoce, ele se aproxima. Suas pernas se cruzam em torno do corpo musculoso, ela o crava ainda mais fundo em si. Beijam-se, agora com selvageria. Ela sente que não vai mais suportar, que vai se partir em pedaços. E ele parece afinal sucumbir também, em loucos movimentos ritmados, que se aceleram até o infinito. E ela vê, mais uma vez, o universo inteiro desaparecer.

Dessa vez, o mundo se acabou em fogo.

Fogo. Um punho quente lhe sobe pelas entranhas, rumo à garganta. *O chá. Havia alguma coisa naquele chá.* Girando, girando, agora não só as luzes, mas também as formas, as cores, tudo se transforma em rosa dos ventos, tudo passa por seus olhos com um susto, embora um susto bom, feito de prazer e desejo.

Eles caminham juntos. *Sempre, sempre.* As mulheres, todas elas, estão aqui — são reais, são matéria, são macias, pode sentir a textura das mãos, muitas mãos, que agora deslizam por sua pele, arrepiando a penugem das coxas ainda magras, de menina. Ou não, talvez já sejam coxas de mulher, que importa? Enquanto a espada de fogo se crava em seu ventre, bocas femininas percorrem todo o seu corpo, lábios tão suaves que fazem aflorar lágrimas aos olhos dela, borrando ainda mais as imagens, engrossando o louco carrossel em que está mergulhada — outra vez o precipício de luzes. Lembra-se agora, talvez seja uma canção. *Um precipício de luzes, entre saudades, soluços.* E, explodindo de gozo, sorri.

Morrer deve ser assim.

A fotografia vermelha

Não, não, você está enganado, não pense que foi por causa disso. Não foi, nem pense. Nem as mortes nem a mudança, nada. Ela queria, sim, arrumar tudo o mais rápido possível, era obsessiva, mas não acho que estivesse sofrendo de algum tipo de perturbação. Parecia ter superado tudo. Sinceramente, não vejo nada que possa justificar o que aconteceu. Nada, nada. A mudança era uma consequência natural. E Gertrude era uma pessoa calma, segura, equilibrada. Gertrude, que nome. Ela detestava. O pai dizia que era uma homenagem a Gertrude Stein, uma mulher que tinha um apartamento em Paris nos anos 1910, com as paredes cobertas de Picassos e Matisses e tudo o mais. Uma vez Gertrude viu uma fotografia de Gertrude Stein em um livro do pai e ficou furiosa. Era a mulher mais feia que ela já tinha visto na vida. Reclamou, mas o pai disse que Gertrude Stein era muito inteligente, uma mulher à frente do seu tempo, uma intelectual, e que era assim que ele queria que a filha fosse. Gertrude deu um muxoxo. E desse dia em diante passou a usar apenas o apelido de criança: Ude. E é assim que todos nós aprendemos a chamá-la.

* * *

Ude morava desde muito pequena no mesmo apartamento, mais de vinte anos, e agora, com a morte da mãe e do pai, decidira ir embora. Sendo um pouco obsessiva, queria ver tudo arrumado com muita antecedência. Tinha marcado o dia da mudança, ainda faltavam duas ou três semanas mas não podia esperar. E foi assim que, um domingo, decidiu que era hora de remexer nos armários.

Começou pelo quarto maior, onde dormiam seus pais. O quarto já estava quase todo vazio, a cama, a cômoda e as mesinhas de cabeceira tinham sido doadas a uma instituição de caridade. Mas o guarda-roupa era um armário embutido, pegando duas das quatro paredes, cheio de portas. Sendo embutido, o armário, claro, ficaria no apartamento quando este fosse vendido. E era ali, por trás daquelas portas brancas, com puxadores de louça pintada e chaves trabalhadas, as portas que seu pai e sua mãe tinham passado a vida abrindo e fechando — era ali que estavam os objetos mais antigos, mais carregados de passado. Ude sabia que, se começasse a arrumação por qualquer outra parte da casa, corria o risco de perder a coragem no caminho. Queria enfrentar, de cara, a parte mais difícil. Então, o princípio era ali.

Primeiro, observou o balcão que preenchia toda a parede sob a janela, e que emendava com o armário embutido. Aquele balcão funcionava como uma escrivaninha, era onde seu pai escrevia. Ude passou a mão pela madeira do tampo, áspera, rachada em alguns pontos, castigada pelo sol. Viu então, bem no canto, um objeto pequeno, que certamente ficara caído ali, preso entre a madeira do tampo e a lateral do armário. Espichou a mão e puxou. Era uma caixinha cinzenta, de papelão, uma caixinha que vira muitas vezes, onde seu pai guardava as lâminas de barbear, no tempo em que os barbeadores descartáveis ainda não tinham sido inventados. Lembrava-se bem do barbeador que ele usava, era só torcer o cabo e a parte de cima se deslocava como um alçapão para receber a lâmina prateada, finíssima. Ude abriu a tampa da caixa. Dentro desta, envolta em papel de seda, havia uma lâmina — perfeita, intocada. Uma sobrevivente do passado.

Enfiou a caixinha com a lâmina no bolso de trás do jeans e se virou, tornando a observar o quarto. Decidiu que começaria a arrumação pela parte mais alta do armário. Botou a escada dobrável, de quatro degraus, diante da porta, subiu e abriu. Naquele primeiro compartimento, colado à janela, havia toda sorte de objetos que costumam ser guardados nos armários mais difíceis de alcançar: sacos plásticos dobrados, rolos de cartolina, papel celofane, caixas vazias, bolsas antigas, uma sobra de papel de parede e até uma rede, toda branca, com as beiradas terminando em borlas, que fora esquecida enrolada em um canto, bem lá no fundo. Ude se lembrava de quando sua mãe e seu pai se balançavam juntos naquela rede, na varanda do sítio. O sítio que tinha sido vendido muitos anos antes da morte deles, engraçado que tivessem trazido a rede para o apartamento, onde não havia gancho para pendurar nem nada. Quando era muito pequena, Ude ficava espiando de longe, enquanto os dois se balançavam. Sempre, diante dessa cena, era tomada por uma sensação de pânico. Não sabia por quê. Achava que era medo de que a rede não aguentasse o peso dos dois, se partisse e eles se machucassem. Mas talvez não fosse só isso. Talvez houvesse ali, naquele medo, um pouco da sensação de estar excluída, de não ser amada por eles o suficiente. Eles se amavam muito, um ao outro. Tanto que morreram juntos.

Ao ver a rede, Ude sentiu o pânico subindo. Tão forte que ela precisou se segurar na escada para não cair. Desceu devagar e sentou no chão, sentindo contra os ísquios a aspereza do tapete de sisal, enquanto a pontada lhe apertava o peito. Ficou parada até melhorar. Olhou as próprias mãos, trêmulas. Respirou fundo. Moveu a escada de lugar, ia tentar a sorte em outro compartimento.

Subiu. Mas logo descobriu que tinha cometido um erro. Naquela outra porta, que ela acabara de abrir, estavam guardadas as quatro grandes caixas onde — sabia bem — ficavam as fotografias.

Seu coração tornou a bater mais depressa. Mas Ude sabia que não tinha volta. Pegou com as duas mãos uma das caixas de papelão, quadriculada de cinza, preto e branco, e desceu com ela os quatro degraus. Tornou a sentar-se no chão, encostada à parede, com as pernas afastadas e a caixa de papelão entre elas. Abriu-a.

Sua mãe era uma pessoa muito criteriosa. As fotografias estavam organizadas, dentro da caixa, em envelopes de papel pardo, nos quais fora escrita com caneta Pilot vermelha a década à qual pertenciam. Anos 1950. Anos 1970. Anos 1960. Ude escolheu abrir primeiro o envelope da década de 1970, a década de sua infância. Foi, talvez, seu segundo erro.

Era uma praia. Deserta, linda, como o cenário recortado de um filme. A areia fina, o mar muito manso, e algumas ilhas cobertas de vegetação, lá no horizonte. Havia, também, na cena retangular, as pontas das palmas de um ou dois coqueiros, embora estes não fossem visíveis no todo, pois tinham ficado fora do enquadramento. Mas o que importava era o que estava no centro da cena. Um homem jovem, magro, com as pernas grossas, musculosas, cobertas de pelos escuros, principalmente nas coxas. Tinha os cabelos molhados, caídos até quase os ombros, em anéis pretos, luzidios. E a barba, também negra, aparada, trazia umas manchinhas brancas, mas era impossível saber se se tratava de areia, sal marinho, ou de um defeito do papel envelhecido. Ele sorria. Um sorriso sarcástico, safado. Não havia dúvida de que aquele homem estava sendo fotografado por uma mulher — e que ele desejava essa mulher. Isso explicava a safadeza do sorriso. E um olhar mais apurado dissipava qualquer dúvida: sob a sunga preta, mínima, estava a maior demonstração de entusiasmo do homem. Toda a cena era sensual, dela irradiava um calor gostoso, ainda mais realçado porque o mundo em volta, o lugar onde a cena se encontrava, aquele paraíso de sal e sol e mar, de prazer e desejo — era um mundo vermelho.

Depois de caminhar pela parte da areia onde crescia um capim ralo — e onde uns gravetos em miniatura lhe beliscavam os pés —, a menina chegou à escarpa. Ali, a areia era fofa e mais escura, cor de café com leite. Pisou com firmeza, não ligando quando seus pés afundaram e ela quase caiu. Reequilibrou-se e foi em frente, pelo declive, só parando na areia mais dura, mais branca, pontilhada por buraquinhos que, imaginou, deviam ser tocas de caranguejos. Ou de siris. Nunca soubera a diferença entre um e outro. Sua mãe cansara de explicar, pois nascera à beira de um mangue e entendia tudo de crustáceos, mas ela não guardava as explicações. Ouvia o começo, sempre. Tanto os siris quanto os caranguejos são comuns no mangue, nos estuários dos rios. Mas há muitas diferenças: primeiro, o formato da carapaça. Daí em diante a explicação se perdia, era como se ela ouvisse a mãe falando, falando, mas sem emitir sons. Já estava muito longe dali. Sempre fora assim, meio avoada, tinha grande dificuldade em manter os pés no chão.

Pés no chão. Olhou para baixo. A areia tinha pequenos pontos brilhantes, como marcassita. Era uma acolhida, uma praia de rainha, se essa rua fosse minha eu mandava ladrilhar com pedrinhas de brilhante — e foi nesse instante que ela enxergou, à distância, o casal. Seu pai e sua mãe. Ele de pé, na areia, perto do mar. Ela sentada em uma esteira, com alguma coisa nas mãos. Parecia estar tirando uma fotografia.

A menina ajeitou seu chapéu de abas largas, um chapéu parecido com o de uma atriz de cinema, que ela vira na revista. Era de palha clara e trazia amarrada uma fita azul-celeste, a mesma cor do biquíni que a garota usava. Era uma cor bonita, parecida com o céu, sim, e, às vezes, com o mar, mas só com o mar dos filmes. A menina tornou a olhar para o homem, que pouco antes posava para a foto. E recomeçou a andar na areia.

Sua pele morena era recoberta, nas pernas e nos braços, por fios finíssimos de cabelos louros, que ela detestava. Só gostava quando eles ficavam assim como estavam agora — arrepiados. Continuou caminhando, os olhos fixos no homem de sunga preta, que agora estava de costas, entrando na água. O mar não era da cor do biquíni da menina, isso não — mas quase. Era de um verde-azul, bem claro, verde-água, como se dizia no mundo da moda, um mundo que a menina adorava. Queria ser modelo. Sabia que as coisas não seriam fáceis para alguém como ela, que não era alta. Sabia, também, que não tinha um rosto bonito. Mas ia conseguir, tinha certeza.

Agora caminhava de novo olhando para baixo, pisando com cuidado nos montículos de areia, o chinelo azul combinando com o biquíni, os pés morenos, bem-feitos. As coxas continuavam arrepiadas. Os braços também. Mas de repente alguma coisa a fez parar, como um pressentimento. Ergueu a vista.

De dentro d'água, o homem de sunga preta estava chamando a mulher, com um gesto. A mulher se levantou da esteira e foi, devagar, até a beira d'água. Ficou parada, olhando para o homem. A menina, mesmo de muito longe, viu que ele dizia alguma coisa, sorrindo. A mulher botou as duas mãos na cintura.

Era uma cintura fina, realçada pelo biquíni pequeno, estampado de vermelho, azul e branco. A mulher fez que não com a cabeça, o homem parecia insistir, seu sorriso brilhava acima da água.

As mãos da mulher, então, deixaram o côncavo da cintura e se esticaram para as costas, em um ângulo improvável. Uniram-se, moveram-se, com dedos recurvos, e em um segundo uma delas trazia para o alto seu trunfo, o sutiã do biquíni — arrancado.

A menina viu quando a tira de pano estampada de vermelho, azul e branco voou para a direita, traçou um arco e caiu na areia, como uma enguia morta que tivesse ido dar na praia. A menina viu quando o sorriso do homem, dentro d'água, se alargou. E viu também quando a mulher entrou no mar, bem devagar, o líquido subindo por seu corpo, escondendo as pernas, a cintura, a marca branca, horizontal, nas costas, como uma cicatriz gigante.

Eles foram encontrados juntos, abraçados. Foi o que lhe disseram, pensando que ela acharia bonito, que seria um consolo. Isso aconteceu muitos anos depois daquela manhã, na praia distante, a manhã da fotografia. Agora, Ude era uma mulher. Quando os corpos foram descobertos, os braços de ambos, alvos como peixes abissais, estavam estendidos à frente, ainda, congelados na busca mútua de amparo. Os olhos fechados pelo gesto de amor. Ela ficou imaginando. O barco, as ondas, a superfície negra e oleosa das águas se abrindo em espuma, borrifos gelados que explodiam no convés, como explodiam no horizonte, já, os primeiros fogos de artifício. Na amurada de metal e madeira, o casal se abraçava — ela estava com medo. As ondas cada vez maiores, a música a todo o volume sendo sobrepujada pelos gritos, muitos gritos, a princípio misturados a risadas, mas aos poucos tornando-se mais agudos, mais cortantes, até que uma vaga se chocou feito um tapa contra o casco, e tudo, tudo se moveu, cadeiras, mesas, gente, sobre eles, o ar se tornando líquido por todo lado, e o pano branco dos vestidos se abrindo no mar como uma colônia de águas-vivas. Era o primeiro minuto do ano novo.

As mãos trêmulas seguram com força as bordas da fotografia. Ude se levanta, sem apoiar os braços. Sai do quarto, não olha para trás, deixa espalhadas no chão de sisal outras imagens de película avermelhada. Vai até o banheiro, os azulejos cinzentos estão encardidos. Contra a luz que entra pelo basculante, dá para ver a poeira que assentou sobre a bancada de granito. As paredes estão nuas, até o espelho foi retirado, ficou apenas uma leve marca de seu contorno nos azulejos. Só há um objeto sobre a bancada, um objeto pequeno, metálico, redondo — é a tampa do ralo da pia.

Ude olha fixamente para a frente, como se buscasse o próprio rosto no espelho que não existe mais. Deixa sobre a bancada, por um instante, a fotografia. O homem de cabelos encaracolados e sunga preta continua sorrindo no momento em que ela pega a tampa e encaixa no ralo. Abre a torneira e espera.

Quando a pia está cheia até a borda, Ude mergulha a fotografia na água. O papel amolece de forma instantânea e a imagem vermelha do homem afunda devagar, em um movimento ondulante. A mão direita de Ude sai pingando dali e afunda no bolso de trás do jeans, onde guardou a caixa com a lâmina. *Se você fizer o corte debaixo d'água, não arde*, tinha lido isso em algum lugar.

Quando a água começa a se tingir de vermelho, Ude sorri. Era assim nas câmaras escuras, antigamente, tempo em que as fotografias se revelavam em cubas, boiando sob uma luz cor de sangue.

* * *

Nós nos conhecíamos desde pequenas, fomos colegas de colégio. Eu fiquei muito chocada com o que aconteceu. Ude parecia ter superado tudo. Não consigo entender. Até hoje, guardo comigo uma fotografia que ela me deu, de nós duas, na porta da escola, tirada por seu pai ou sua mãe, sei lá. Nós estamos rindo, abraçadas. É legal. Mas tem uma cor estranha. Por que será que as fotografias tiradas nos anos 70 ficam vermelhas com o passar do tempo?

Vingança

O sexo só faz canalhas.
Nelson Rodrigues

Elvira ficou com a ponta do polegar doendo, tal a força que empregou ao pressionar o botão vermelho do controle remoto. Que absurdo! Minha mãe, se visse isso, diria, com toda a razão, que o mundo está perdido. No meu tempo, uma coisa dessas era impensável. Um horror. Duas mulheres se beijando na boca, na novela das nove? Em horário nobre, depois do jantar, quando as crianças ainda estão acordadas? Que pouca-vergonha!

Apoia-se no braço do sofá, a mão branca pelo esforço, e levanta-se. Melhor voltar para seus armários, chega de televisão. Tem muito que fazer. Depois da morte de Roberto, o apartamento ficou grande demais para ela. Estava decidida a se mudar para um menor. Mas quarenta anos em um mesmo lugar povoa os armários de objetos, na maioria inúteis, e é preciso se livrar deles. Estava arrumando aos poucos, já pensando na futura mudança. Hoje, era a vez do gaveteiro do quarto do casal.

Antes de sentar-se no banquinho, para recomeçar a vasculhar as gavetas, vai até a mesa de cabeceira e pega seus remédios. Enche o copo com água da moringa e, sentada na beirada da cama, engole os três comprimidos, um atrás do outro, parecendo contrafeita. Fazia aquilo por insistência do médico, mas achava uma bobagem. Para que tanto remédio, se a gente acaba mesmo envelhecendo e morrendo? "Sal em carne podre", sua mãe dizia, quando tentavam convencê-la a fazer algum tratamento. Ela é que estava certa.

Elvira não tinha medo da morte, nenhum, nenhum. Tanto que, muito antes da doença de Roberto, tomara a iniciativa de comprar o jazigo perpétuo do casal. Os filhos, quando souberam, disseram que ela estava ficando maluca. Mas Elvira não ligou. Procurou o corretor, escolheu o cemitério, a quadra, tudo. Comprou o jazigo e pagou à prestação. Quando terminou de pagar, mandou erguer o túmulo, de granito cinza, já com o espaço dividido para os dois caixões. Dela e de Roberto. Só não botou logo os nomes, em letras de bronze, porque os filhos não deixaram. "Que bobagem! Assim, quando a gente morrer, vocês só têm que mandar incluir as datas", argumentou. Mas os filhos ficaram tão horrorizados que ela desistiu.

Parecia até que Elvira estava adivinhando. Uma semana depois de terminada a construção do jazigo, Roberto recebeu o diagnóstico: câncer de próstata. E já era tarde, tinha se espalhado pelos ossos. Foram dois anos de sofrimento. Uma pena, coitado, ele não merecia.

Elvira se levanta da beirada da cama e caminha em direção ao banquinho. Roberto era uma boa pessoa, foi um bom marido. Ia cortar o queijo do céu, dizia sua mãe. Era como ela definia os homens que não traíam nunca. Mas Elvira nunca pensou nesse assunto. Aliás, procurava não pensar nessas coisas de sexo. Homem é que precisa disso. E mulher safada. Mulher safada também gosta.

Elvira começa a pensar nas irmãs. Eram um pouco mais novas do que ela. As três tinham se casado no mesmo ano, muita trabalheira e despesa para os pais. Naquele tempo, os pais da noiva arcavam com tudo. Mas só ela, Elvira, fora feliz no casamento. As irmãs acabaram se separando depois de alguns anos. Também, com aqueles maridos...

Hoje em dia, não sei, hoje vale tudo, o mundo virou uma bagunça. Mas no seu tempo era diferente. Mulher direita não tinha de ficar fazendo certas coisas com o marido. Já as irmãs de Elvira pensavam de outro jeito. *Gostavam*. Mulher não é para gostar. É para cumprir seu dever, e pronto.

Elvira se lembra bem daquele dia, na casa de campo em que estava a família inteira, todo mundo. Tinham ido passar o Natal juntos. As três irmãs eram casadas de pouco tempo, não mais que um ano. A casa do sítio era antiga, de telha-vã, e em alguns casos os quartos, por serem grandes demais, tinham sido divididos. O quarto de Elvira era um desses, de meia-parede. Estava deitada, tinha ido dar um cochilo, depois do almoço. Acordou com as risadas. Elas falavam baixinho, mas no silêncio da sesta dava para ouvir tudo. Reconheceu a voz das irmãs. Conversavam no quarto ao lado. E Elvira começou a prestar atenção.

— Mas você sentiu desde o início?

— Não, demorou um pouco, acho que foi só lá pela quinta ou sexta vez.

— Ah, comigo foi logo de primeira.

Novas risadas.

— Parece que isso é uma coisa rara...

— É, mas ele tem um jeito... foi devagarinho, devagarinho, parecia que eu ia derreter, escorrer, sei lá... Ele não forçou nada.

— Mas não doeu?

— Ardeu um pouco, mas era um ardido bom... E foi escorregando, parecia que estava tudo molhado...

— É, agora eu sei do que você está falando!

— E aí, quando já estava lá dentro, e ele começou a mexer bem devagar, eu fui sentindo aquela sensação estranha, aquela coisa subindo, de dentro de mim, me trancando a garganta, sei lá...

— Eu sei como é que é.

— Sabe? Sabe mesmo?

— Sei! Comigo nas primeiras vezes não foi assim, mas agora é. Sempre.

— Ah, que bom, querida! Eu tinha medo que fosse só comigo...

— É muito bom...

— É a melhor coisa do mundo...

— Parece que a gente vai morrer e não morre...

— É...

Elvira continuava paralisada na cama. Não queria se mexer. Se fizesse qualquer movimento, qualquer ruído, as irmãs iam perceber sua presença ali do lado e se calar. Ela queria continuar ouvindo. Para ter certeza.

— E ele agora deu para fazer uma coisa, sabe? Que me deixa maluca!

— Me conta!

— Quando a coisa está bem quente, bem gostosa... de repente, ele para. Fica imóvel. Não mexe mais...

— Fica parado?

— Parado. E me olha. Eu vejo os olhos dele no escuro. E dá um sorrisinho safado. Aí eu já sei o que ele quer. Ele só recomeça se eu peço muito, se eu imploro! Aí ele recomeça a mexer feito um louco... até eu gozar!

Até eu gozar!

Então era disso mesmo que elas estavam falando, as duas! Elvira sentou-se na cama, o rosto em fogo. O barulho das molas do colchão fez as irmãs se calarem de forma instantânea.

Elvira mal podia acreditar no que tinha acabado de ouvir. Duas mulheres decentes, duas mulheres casadas, suas irmãs! Ela própria nunca tinha sentido nada daquilo — nem queria. Coisa de vagabunda! Coisa de...

Recoloca as caixas de remédio na mesa de cabeceira e fecha a gaveta. Quase prendeu o dedo. Até hoje, cinquenta anos depois, ainda ficava irritada quando se lembrava da conversa imunda que tinha ouvido. Suas próprias irmãs.

E de que adiantou? Os maridos largaram as duas assim mesmo. Bem feito!

Depois de puxar o banquinho um pouco mais para a frente, Elvira abre o gavetão de baixo. Roupas de inverno, raramente usadas, todas de Roberto. Ia doar tudo para um asilo.

Roberto tinha sofrido um bocado. A doença fora se espalhando aos poucos, pelos ossos do corpo todo, mas foi quando chegou à coluna que as dores se tornaram mais excruciantes. Pobre Roberto. Era um homem bom, era sim. Muito respeitoso. As irmãs diziam que ela, Elvira, mandava nele. Aliás, não só as irmãs — todo mundo achava isso.

Era verdade. Elvira era meio mandona mesmo, tinha de admitir. Gostava das coisas a seu modo. Com o marido, com os filhos, com as empregadas. Mas não é assim que o mundo funciona direito? Quando tem alguém mandando, assumindo as responsabilidades, organizando tudo? Ela era o esteio da casa, aí é que está. Se não fosse Elvira, com três homens para fazer bagunça, seria o caos.

Roberto se submetia. Desde que eles se conheceram, ainda adolescentes, as pessoas diziam que ela "botava ele no bolso". Ouvira essa expressão várias vezes. Não só porque Elvira tinha uma natureza dominadora, sendo Roberto um homem calado, cordato, mas também por causa da diferença física entre eles. Roberto era magro, de pernas arqueadas, muito branquinho, pele transparente. Tinha uma aparência doentia. O rosto fino, as orelhas de abano, os olhos miúdos e assustadiços, davam-lhe o aspecto de um roedor. Era feio. Muito feio. Elvira era seu exato oposto. Alta — só usava sapato sem salto, para não ficar mais alta que o marido —, morena clara, cabelos negros, sedosos, cheios, com um ondulado leve. Olhos escuros, de pestanas imensas, nariz afilado, boca bem delineada. Era linda quando jovem. Parecia uma artista de cinema, diziam todos. Quando ela e Roberto se conheceram e começaram a namorar, o comentário foi geral, acabando por chegar aos ouvidos dela: o contraste entre eles era chocante. A bela e a fera, diziam.

Mas de fera Roberto não tinha nada. Roberto era, como se dizia naquele tempo, um banana. Quando estava ao lado de Elvira, sua insignificância ficava ainda mais evidente. Porque Elvira, além de bonita e vistosa, era muito falante. Inteligente, simpática, comunicativa. Uma personalidade expansiva, que contrastava com a timidez extrema de Roberto. E ela era rigorosa com ele, às vezes. Depois de casados, ralhava com o marido na frente de todos, em algumas ocasiões chegava a humilhá-lo — admitia. Ele não respondia. Não reagia. Não fazia nada. Dava um sorrisinho e baixava a cabeça. *Um banana.*

Roberto teve de tomar morfina, coitado. Foi um fim triste. Dois anos de sofrimento, e ela cuidando dele praticamente sozinha. Dois filhos homens, é nisso que dá. Ainda bem que, uma ou duas vezes por semana, o casal recebia a visita da afilhada. A filha que eu não tive, essa é a verdade, pensa Elvira. E começa a tirar as peças de lã da gaveta.

Iracema. Tinha nome de índia, embora fosse alta e ruiva, o rosto coberto de sardas. Tinha seios enormes, era meio gordinha. Não era bonita. Mas era simpática, tinha um sorriso maroto, com uma covinha no canto da boca, que a fazia de repente parecer uma menina. E era muito falante — nesse ponto se parecia com Elvira. A afilhada era de uma dedicação incrível, sempre foi. Elvira e Roberto a chamavam de afilhada, mas na verdade era apenas uma amiga da família. Fora namorada do filho mais velho dos dois, por alguns anos, mas o namoro acabara dando para trás, para grande tristeza da família. Só que, mesmo com o rompimento, Iracema continuara frequentando a casa deles e tornara-se a melhor amiga do casal, apesar da diferença de idade. Uma espécie de filha adotiva mesmo. Dedicada, gentil, paciente. Nunca deixara de visitá-los. E, depois da doença de Roberto, revelara-se uma verdadeira enfermeira. Duas vezes por semana, ia lá. Elvira ficava agradecida, e pensava: Iracema não se parece em nada com essas moças depravadas de hoje em dia.

Vai tirando os pares de meias. Meias de lã, oito, dez pares. Para que Roberto queria tantas meias de lã? Sentia frio nos pés, sempre sentiu. Elvira não. Elvira era calorenta, suava sem parar, vivia se abanando, ligava o ar-condicionado até no inverno. E o marido reclamando baixinho, olhando para ela com aquele ar de cachorro perdido. Elvira às vezes se impacientava. Mas isso foi antes da doença. Depois, não. Depois ela foi de uma dedicação total. Ela e Iracema. Ainda bem. Para sustentar um fardo, quatro mãos são melhores do que duas.

Elvira suspira. Os pijamas. Todos listrados, ele só gostava assim. E de calças compridas. Era incapaz de usar um pijama de calça curta, mesmo no calor. Também, com aquelas pernas finas... Elvira não pôde conter o riso. Era mesmo muito feioso, coitado. Sempre fora.

Mas para Elvira isso nunca tivera importância. O que importava é que Roberto era um homem bom, íntegro, trabalhador, pai de família dedicado. Nunca sentira o menor interesse físico por ele, nem pensava nisso. Era muito diferente das sirigaitas das irmãs. Sentia um calor lhe subindo ao rosto toda vez que lembrava das duas. Safadas.

Depois daquela conversa ouvida no sítio, Elvira se distanciara ainda mais delas. E quando, alguns anos mais tarde, vieram as separações — as duas se separaram dos maridos no mesmo ano —, aí mesmo é que Elvira se isolara. Não queria contato. Não gostava das irmãs, essa é que era a verdade. *Até gozar*. Que nojo!

As cuecas. Todas imensas, tipo samba-canção, como se diz. Roberto não tinha vaidade, gostava de conforto. Só usava cueca de algodão, mas não de malha, e sim de tecido. E sempre branca. Mas... engraçado. Aqui atrás tem umas de malha. E uma preta! Como é que pode? Nunca na vida viu Roberto usar uma cueca de malha, muito menos preta. Talvez tenha sido presente de um dos filhos, que ele não se deu ao trabalho de trocar. É, isso mesmo, olha só: aqui atrás tem até uma caixa. Deve ser a caixa da cueca.

Elvira puxa a caixa retangular, de papelão. É azul-marinho, com a tampa presa por um elástico dourado. Sacode. Tem alguma coisa dentro. Outra cueca preta — será? Puxa o elástico e abre.

Roberto está sentado, de perfil, na ponta de uma cadeira. Nu. Apenas as pernas finas, muito brancas, estão parcialmente cobertas por meias pretas. Não usa sapatos. À sua frente, ajoelhada, está uma mulher, nua também. Tem o corpo dobrado, os seios enormes, soltos, quase arrastando no chão. Os cabelos ruivos, revoltos, lhe encobrem parcialmente o rosto, mas um dos olhos encara a câmera com malícia. Parece conter a custo um sorriso, mas a covinha está lá, no canto da boca. Ela segura com as duas mãos o membro do homem, no ato de introduzi-lo na boca, e a parte visível do órgão, por sua rigidez, exibe um brilho, uma lisura, que torna a pele arroxeada, em contraste com a brancura das pernas. A fotografia é colorida. E o foco é perfeito.

Elvira pisa o chão irregular com cuidado, evitando as pedras soltas. Ouve, atrás de si, o passo ligeiro do menino, o chacoalhar do saco de ferramentas. Sente as gotas de suor escorrendo pelas laterais do rosto, pelo pescoço, na testa. Está suando mais do que nunca, recebendo de todos os lados o calor do sol, raios implacáveis que parecem emanar não só do céu, mas também do chão e das lápides de pedra.

Vista turva. É através de um véu que vê o caminho à sua frente, os mármores, os granitos, as touceiras descaídas de alamandas e jasmins. Os pés doem. Coração aos saltos, garganta trancada. Ódio. *Ele sabia.* Ao fundo da aleia, sobe os primeiros degraus, o ar lhe falta. Ele sabia que eu ia encontrar. Passado o segundo lance de degraus, a primeira à direita. Sabe o caminho de cor. Estivera ali muitas vezes, acompanhando a construção do túmulo. E, depois da morte dele, para a colocação do nome em bronze, com as datas de nascimento e morte. Tinha aproveitado e botado logo o próprio nome também, escondido dos filhos. Miserável.

Para em frente ao jazigo duplo, do melhor granito, tipo olho de sapo. Meses de doença, teve todo o tempo do mundo para rasgar, jogar fora. Dar à bandida, para que ela levasse, escondesse. Vira-se e faz sinal para que o menino com as ferramentas se aproxime. Mas não. Deixou lá, de propósito, para que um dia eu encontrasse. O menino olha para ela. Parece assustado. Elvira faz que sim com a cabeça, entreabrindo a bolsa e mostrando para ele o bolo de dinheiro. E o garoto tira da sacola a haste de ferro, parecendo um pé de cabra. Elvira nem pisca quando a primeira marretada fere o granito, fazendo saltar uma letra de bronze. Miserável!

Pequenos contos do amor assombrado (I)

Espelho

Durante anos, planejaram construir a casa. O terreno no Joá fora comprado pouco depois de se casarem, a prazo, mas já estava quitado quando a construção começou. Como o lote ficava na encosta, debruçado sobre o mar do Rio, o casal decidiu fazer a casa toda de madeira e vidro. Acima de tudo, vidro. Assim, poderiam aproveitar de forma plena a beleza da paisagem, que atravessaria as paredes translúcidas e lhes alcançaria as retinas o tempo todo, noite ou dia. A ideia fora da mulher que, embora tivesse outra formação, era arquiteta vocacional.

Fizeram uma longa pesquisa em busca da madeira ideal, de diferentes tipos para cada parte da casa, incluindo dormentes comprados em depósitos de demolição e toda sorte de toras, caibros, ripas. Pesquisaram muito, ainda, antes de encomendar os vidros, temperados para resistir à força do vento, que ali, na encosta sobre o mar aberto, às vezes uivava ameaçador.

A obra, como todas as obras, durou meses. Mais que meses,

quase dois anos. Foi um período desgastante, com muitas brigas, discussões, frustrações e também esperanças. Na hora do acabamento, pensaram que tudo seria mais fácil, mas na verdade foi pior. E mal acreditaram quando a casa finalmente ficou pronta.

Só que não se mudaram logo. Fizeram questão de comprar tudo novo, cada peça utilitária ou de decoração — o que igualmente levou tempo. Mas queriam que a casa tivesse a marca de uma fase diferente, de um recomeço, e só entrariam ali para morar quando todos os móveis, eletrodomésticos, enfeites, tapetes tivessem chegado. Compraram tudo. Tudo menos cortinas. Porque tinham decidido que na casa de vidro não haveria cortinas, para não perderem a paisagem nem por um instante.

E então chegou o dia da mudança. Logo de manhã, com os carregadores entrando e saindo em uma balbúrdia sem fim, instalou-se a sensação estranha. Os dois, marido e mulher — embora nada comentassem um com o outro —, foram tomados por uma inquietação. Não sabiam por quê. Era alguma coisa latejando no fundo, disfarçada, na qual não tiveram muito tempo para pensar, em meio à confusão da mudança. Foi só com a chegada da noite, quando tudo já estava arrumado, quando todos se foram e ficaram só os dois, que eles começaram a entender. Quando a luz exterior morreu, todos os vidros que os cercavam passaram a refletir o interior da casa — como um único e onipresente espelho.

Ainda sem nada comentar, homem e mulher vagaram pela casa, fazendo os últimos acertos, trocando objetos de lugar, rearrumando livros. Mas, por onde andassem, sempre que erguiam o rosto davam com a própria imagem refletida nos vidros. E, quase sem sentir, baixavam os olhos. O silêncio entre eles pesava, o rumor das ondas lá embaixo, nas rochas, resvalava em seus nervos expostos, como se ralasse uma ferida.

Não demorou muito para que os dois compreendessem: na

casa de vidro, tinham se tornado prisioneiros. Prisioneiros de seus próprios rostos, que do espelho das paredes haveria de os mirar todas as noites sem piedade, lançando-lhes na cara a crua verdade do vazio em que viviam, sua infelicidade, o casamento acabado — em uma vigilância constante e implacável.

A porta empenada

Já fazia muitos anos que ela mandara consertar a porta. Não conseguia entender o que estava acontecendo. Talvez fosse por causa do calor. Fechava o quarto com todo o cuidado ao deitar, apenas para acordar sobressaltada no meio da noite com a porta se abrindo, com um estalo. Aquilo lhe dava nos nervos. Depois de se levantar para voltar a fechar a porta, ficava desperta um tempo enorme até conseguir adormecer outra vez. De manhã, olhava-se no espelho com desgosto. Aquelas noites de sono interrompido lhe faziam mal ao semblante, que agora vivia sombreado por imensas olheiras.

Naquela noite, já pronta para se deitar, decidiu examinar o trinco com atenção. Mexeu na maçaneta, rodou a chave de um lado para outro. A solução poderia ser dormir com a porta trancada à chave, mas isso lhe daria aflição.

Durante muitos anos, no passado, aquela porta estivera empenada, mas ela mandara consertar. Em uma das vezes em que pintara a casa, pedira ao pintor que arrancasse a porta das dobradiças e passasse a plaina, para que não mais agarrasse no portal. Tinha ficado ótima. Por que estaria acontecendo de novo, então? Só podia ser por causa do calor.

Com um suspiro, tentou fechar a porta, mas a madeira parecia resistir cada vez mais, como se estivesse mesmo empenando novamente. Encostou o ombro à madeira e fez força com o corpo, para que o trinco encaixasse.

E então a lembrança lhe voltou, de um jato.

Madrugada. Silêncio. Ela abria os olhos, mas por um momento ainda flutuava em uma região intermediária entre a vigília e o sono. Tinha o corpo saciado, envolto por um cansaço imenso, queria continuar dormindo mas alguma coisa a chamava. Ouvira um ruído qualquer, um rumor. Erguia-se na cama — e ali estava ele. Diante dela, junto à porta do quarto, quase encoberto pela penumbra, seu pássaro do prazer.

Era um pássaro noturno, visitante que, como um vampiro, ia embora antes que o sol nascesse. Ele forçava com o ombro a madeira empenada, para que não estalasse ao abrir, assim denunciando sua fuga, e só depois girava a maçaneta. Queria sair sem que ela o visse, sem acordá-la. Mas a porta sempre o traía. E ela o via ir-se, com um nó na garganta. Era sempre assim. Fora sempre assim, por muitos anos.

Mas por que tudo isso agora? Por que aquela lembrança extemporânea, invadindo seu cotidiano tão pacificado? E por que a porta voltara a empenar, se ela, precavida, mandara aplainar a madeira, para nunca mais se lembrar?

Talvez fosse mesmo por causa do calor. Só podia ser.

Fios

Começou. Estou sentindo, aqui dentro — subindo. Silêncio. *Foi de repente. Quando é assim, assusta.* Silêncio, ainda. A mulher se agita. *É como escrever. Não tem controle. Dá medo.* Ele sorri. *Cantar, não. Cantar é só alegria*, diz. A mulher afinal sorri também. *Eu sei. É por isso que estou aqui.*

A tarde de verão ia caindo, mas ainda havia muita luz lá fora no momento em que ela transpôs a porta. *Transpôs*. O verbo é perfeito. Da luz para as trevas, em um segundo. Embora contasse com a mudança, parou, surpresa com a densidade do escuro. Ficou ali, quieta, esperando que o diafragma do olhar se adaptasse. Aos poucos, foi vislumbrando o entorno. Sabia que era um teatro pequeno, antigo, de estranha geografia. A porta exterior dava direto na coxia. Ou em uma saleta contígua a esta mas que já a prenunciava e por isso era tão escura, chão e paredes pintados com tinta negra. E fios. *Uma armadilha*.

Deu os primeiros passos, com muito cuidado. Lá estavam eles. Em toda parte, a mulher sabia. Não podia vê-los, mas percebia sua presença, sentia o relevo na sola dos pés, através da sandália fina. Andou um pouco mais, ainda às cegas, todos os outros sentidos em alerta. Começou a captar os sons. Mínimos, música em sussurro. Quatro ou cinco vozes, talvez mais. Devia ser um exercício. Entre a antessala e a coxia talvez houvesse uma porta, que abafava tudo, fazia os sons chegarem a ela como restos de um sonho, impressões apenas. Um sonho.

Teatro. O lugar onde se prepara um sonho é um mundo irreal, que envolve e cobre como água, entra pelos poros. Mas às vezes queima. *Um curto-circuito.* Os fios começam a subir, devagar. Estão quentes. A mulher sente a pele de borracha negra, os sulcos, as imperfeições, pressente os dutos de cobre que se escondem sob a superfície, a energia neles contida fluindo para ela. Fios que se enrolam em suas pernas, subindo pelas coxas, arrepiando os pelos, o sexo. São negros, rígidos, viris, varam seu corpo, sem cerimônia. Há uma parcela de dor, uma parcela de medo, como daquela primeira vez, muito tempo antes, sobre a grama rala, na beira da praia, de madrugada, as lâminas serrilhadas da vegetação lhe penetrando as costas, o beijo áspero, as estocadas, a dor fina como um machucado de criança, uma ardência, um ardor, um afã de corpos se fundindo, e ao fundo as ondas quebrando, quebrando.

De repente, um ruído.

Muito próximo, parecendo vir da coxia. A mulher girou sobre si mesma, buscando. Os olhos, as pupilas dilatadas, se abriram mais, tentando adivinhar o que era. Ainda tentava, quando alguma coisa maior que a escuridão a envolveu por trás. Alguma coisa forte e quente, com cheiro de suor. Um abraço. Um abraço como só o povo do teatro sabe dar, o abraço de quem dispõe do próprio corpo, sem pudor.

Que bom que você veio. Era só um sussurro. *Não quero atrapalhar o ensaio.* Silêncio. E, sob os pés, os fios. Sentia ainda o relevo sob a sola das sandálias, concentrou-se neles. Condutores de energia, sinapses, tempestades. Fios desencapados, soltando faíscas, chicoteando o ar. *Descontrole.*

Ele sai de trás dela, dá a volta, posta-se à frente. Os olhos agora se acostumam, ela já vê. Vê o sorriso branco, o claro dos olhos dele, úmidos, a íris como um buraco negro. Olhos que a chamam. *O que é isso?* Ele agora lhe segura as mãos, as duas, com força. A pele da mão dele é quente, a palma seca, como os fios, os dutos. Na penumbra, a mulher entrevê seu rosto de tez escura, as feições fortes, o cabelo formando um capacete em torno da cabeça. Sorrindo, sempre sorrindo. *Tenho certeza, estou sentindo. Estou sentindo.* Silêncio. A mulher dá um passo à frente, sente a respiração dele. Próxima. Muito próxima. *Aqui é o lugar certo. Teatro é afeto vivo.* O abraço, agora de frente, o vigor, o cheiro, a delícia.

Os fios, estou sentindo. Mas agora a mulher também sorria. E se deixou esvair, levar, seu corpo-terra conduzindo a luz sem medo.

Intromissão

Metódica, sistemática e morando sozinha, a mulher cultivava pequenos prazeres, aos quais se dedicava nos fins de semana. Um deles era ler. Lia bons livros, sem dúvida, mas tinha uma queda especial pela leitura de revistas. E suas preferidas eram as revistas estrangeiras, de viagem ou decoração. Aqueles mundos coloridos a deixavam encantada, tinham o poder de transportá-la para muito, muito longe dali.

Suas tardes de sábado eram um ritual: recostava-se na cama e se dedicava a folhear as revistas que comprara na véspera, na simpática loja vinte e quatro horas a poucos metros de seu prédio. Começava pelo cheiro. Fechava os olhos e levava uma das revistas ao nariz. O odor não era só da tinta ou do papel. Aquelas revistas estrangeiras tinham o cheiro de outra dimensão, com a qual a mulher, flutuando na cama, sonhava. O perfume que emanava das páginas fazia com que uma pequena fração daqueles mundos se materializasse para ela. Depois, era o tato. Abria os olhos e se punha a folhear as páginas, bem devagar. Sentia um prazer físico em deslizar a ponta dos dedos pelo papel brilhante, como se apreendesse na pele as cores, as imagens. Era uma delícia.

Mas para que tudo isso acontecesse, para que pudesse aproveitar por inteiro a sensação de estar sendo transportada, precisava de uma coisa: silêncio. Enquanto folheava suas revistas, a mulher não ligava nem televisão nem som, nada. Qualquer interferência sonora desfazia o encanto.

E foi assim — como uma intromissão — que encarou o ruído que de repente lhe chamou a atenção naquela tarde. Não que a assustasse, de forma alguma, parecera-lhe até banal. Mas era um som e, como tal, capaz de atrapalhá-la em seu momento de relaxamento. Um som surdo, continuado, insistente.

A princípio tentou não pensar nele. Fixou bem os olhos na página dupla da revista que mostrava uma praia das Ilhas Seychelles, com um mar azul transparente e pedras de um formato estranho, estriadas, parecendo lagartos ao sol. Mas o som intermitente começou a crescer, a encorpar-se, clamando por atenção, desconcentrando-a, quase como se a provocasse. Passou mais uma página. As ilhas, o paraíso. Era ali que queria estar, era para lá que se transportaria — por que o som não deixava? Uma terra distante, um mundo perfeito, tão diferente do seu, um lugar onde talvez jamais estivesse só. Apenas o som a puxava de volta.

Irritada, fechou a revista. E nesse mesmo instante, em um segundo — como um jato ou uma bofetada —, compreendeu o que aquele som significava. Os baques surdos, compassados, deram-lhe de repente a dimensão da imensa solidão em que vivia. Eram as batidas de seu coração.

No papel

A médica entrou na sala de recreação e observou que estava quase vazia. Apenas um ou outro interno continuava sentado ali àquela hora, desenhando, mexendo com cubos e formas, pintando. E viu que entre eles estava o velho. Gostava dele. Tinha pena, também, pois sabia que era um daqueles casos irrecuperáveis, de gente que está há tanto tempo internada que não terá mais como enfrentar o mundo lá fora. E caminhou até ele.

Pouco depois estavam sentados os dois lado a lado, dando risadas. Quem os visse assim, de longe, tão díspares, haveria de se espantar com tanta alegria e intimidade. Ela, uma mulher ainda bem jovem, de cabelos muito lisos, quase louros, cortados na altura do queixo, vestida com seu jaleco branco. Ele, um homem magro e de corpo ainda rijo, mas com um rosto que parecia ter mil anos, tal a profundidade dos sulcos escavados na pele, sulcos que nas mãos pareciam encontrar o seu contrário, pois nelas, em seu dorso, o que havia eram veias saltadas, cruzando a pele em todas as direções como rios em um mapa.

À vista da moça, o velho desenhava. Sobre a mesa de tampo rústico, feita talvez de madeira de demolição, e onde ainda restavam manchas de tinta, estavam espalhados papéis e lápis de cera de todas as cores. A médica observava, sempre intrigada, a desenvoltura, a leveza com que o velho traçava seus traços, a maneira como os desenhos iam surgindo. Embora nem sempre lógicos, ordenados, eram desenhos de grande força e beleza. À medida que os desenhava, o velho ia explicando para a médica o que significavam, aqui um peixe nadando nas profundezas, ali uma menina fazendo primeira comunhão, depois uma árvore que, ao contrário de todas as outras, tinha nascido com as raízes viradas para cima.

Mas foi só após quase meia hora de desenhos e conversa que o velho parou por um instante, espichando o olhar para fora dos janelões da instituição, que se debruçavam sobre um bananal. Continuou imóvel por um longo momento, com uma expressão neutra, indecifrável, como se tomado por catatonia. Quando a moça já pensava em fazer um movimento, perguntar alguma coisa, ele finalmente se mexeu. Curvou-se mais sobre a mesa e, tomando uma folha de papel e um lápis de cera preto, recomeçou a desenhar. Desenhou, com precisão e riqueza de detalhes, uma grande aranha negra. A jovem olhou-o, à espera de uma explicação, que não demorou.

— Pronto — disse ele. — Agora não tem mais perigo. Se eu desenho, ela fica presa no papel e deixa de existir dentro de mim.

A moça sorriu, conversou um pouco mais, depois se levantou e saiu. Foi até sua sala e ficou um instante em silêncio, espiando as árvores lá fora, como o velho fizera. Em seguida, virou-se, caminhou até a escrivaninha e, tomando de uma folha de papel, escreveu nela um nome. Um nome de homem. *Talvez assim eu possa arrancá-lo de dentro de mim.*

Ano-Novo

Quando Teresa ergueu a vista da tela do celular, onde tinha anotado o endereço, e verificou que estava diante do número certo, sorriu, satisfeita. Sempre tivera curiosidade de entrar naquele lugar. Era uma construção art déco, dos anos 1930, estreita, cuja fachada formava duas curvas, como seios gigantescos, o que motivara — ela sabia — um apelido curioso para o prédio: Mae West. Ao receber o convite para a festa de Ano-Novo na avenida Atlântica, não imaginara que o prédio seria justamente aquele.

Ela era assim, desde pequena, observava as construções. Escolhia prédios prediletos, onde gostaria de morar um dia, quando crescesse. Aquele edifício de fachada abaulada, pintado de azul--clarinho, era um que sempre lhe chamara a atenção, mesmo quando ainda não sabia nada sobre estilos arquitetônicos, nem tinha a menor ideia da diferença entre art déco e art nouveau.

Antes de entrar, virou-se para trás e deu uma última olhada em torno. Havia uma multidão espalhando-se por ruas, calçadas e pela areia. Ainda não era a multidão compacta e branca que poucos minutos antes da meia-noite desceria das transversais como rios desaguando. Mas já era muita gente. O mar estava pontilhado de luzes, barcos e navios ancorados à espera da queima de fogos. Teresa experimentou a sensação boa, de prazer e medo, que lhe apertava a boca do estômago nessas ocasiões.

Ajustou a alça do vestido branco, de seda, não muito curto, apenas um pouco acima do joelho. Depois olhou satisfeita para as próprias pernas, morenas, bem torneadas. Pernas de mocinha. *Uma sorte*. Tornou a admirar o prédio de linhas sinuosas à sua frente e caminhou até a porta de ferro, com seus desenhos geométricos. Nem precisou tocar o interfone: a portaria estava aberta. Empurrou a porta e entrou. Os mármores em preto e branco, os detalhes em ferro e bronze, os apliques, os nichos arredondados junto ao teto fazendo pensar em navios e viagens de luxo em alto-mar — tudo era extraordinário. Decidiu dispensar o elevador, era apenas um lance até o apartamento da amiga.

Já se preparava para vencer a primeira curva da escada, quando ouviu um ruído atrás de si. Alguém entrando na portaria. Poucos segundos depois, passou por ela uma mulher, ofegante, apressada, de cabeça baixa, o semblante fechado como em atenção máxima. Carregava um saco plástico contendo o que parecia ser uma garrafa de champanhe. Passou sem sequer cumprimentar. Estranho, porque aquela era uma noite festiva e, por isso mesmo, cordial. Mas a mulher parecia movida por uma urgência qualquer, que lhe dava inclusive uma agilidade incompatível com seu corpo: não era magra e aparentava ter mais de cinquenta anos. Teresa ficou pensando no que poderia justificar tanta pressa, se ainda faltavam mais de duas horas para a meia-noite.

Continuou subindo a escada em seu próprio ritmo. Teresa estava em ótima forma, ninguém diria que já passara dos quarenta, mas, com o calor de dezembro, não queria chegar suada à festa. Quando pisou no hall do primeiro andar, viu que a porta do apartamento da amiga estava aberta. No salão, cheio de gente, a música tocava a todo o volume. Entrou.

A amiga a recebeu com um abraço. Apresentou Teresa aos demais amigos espalhados por ali, depois foi com ela até a varanda, onde estava mais fresco. Havia muitas copas de árvores na frente do prédio, mas, mesmo assim, dava para ver as luzes de transatlânticos e barcos piscando por entre as folhas. E bem abaixo, na calçada e no asfalto, gente, gente por toda parte, aquele frenesi típico do Ano-Novo, que para Teresa era ainda maior que o do Carnaval. O fim de ano trazia uma euforia com hora marcada, com contagem regressiva, um gigantesco antes, que ia em um crescendo, para desembocar no momento do agora, quando os ponteiros se encontravam — uma parcela mínima de presente que explodiria e em seguida estaria terminada, seria passado.

Alguns morteiros já explodiam, espaçados, em comemoração antecipada. A varanda era sinuosa, um dos seios de Mae West debruçando-se sobre a Atlântica, apenas o parapeito de mármore, baixo, sem anteparos, sem vidros. A sensação era quase a de estar na rua.

— É uma delícia — disse Teresa, voltando-se para a amiga, que concordou.

— Foi uma sorte. Já estávamos com tudo acertado para alugar um outro, lá atrás, no Bairro do Peixoto. E aí soubemos desse aqui. É o máximo, não é?

— Nossa! E além de tudo um prédio que tem história.

— É de 34, parece.

— É, sim. Eu vi a placa lá embaixo. Típico art déco carioca.

— E aqui em cima era o escritório do Niemeyer, sabia? No último andar.

— Sabia.

Em seguida, a amiga convidou Teresa para ir até a mesa, comer alguma coisa. Explicou onde estavam as bebidas, o gelo, tudo.

— Quero que você fique à vontade, totalmente à vontade.

— Deixa comigo — ela disse, e sorriu.

Lá da cozinha, alguém chamou a amiga, que se afastou. Teresa aproximou-se da mesa. Encostada na janela, coberta por uma toalha rústica, parecendo uma rede de pescador, mas de trama mais fechada, a mesa estava cheia de pratos, pastas, pães, frutas. Tudo fora já bastante mexido, havia passas, castanhas e cerejas espalhadas e, da terrina que continha a pasta de queijo com ervas, a espátula de servir tombara sobre a toalha. Mas Teresa enxergou beleza naquela desordem, o caos dava autenticidade aos arranjos, impregnando a atmosfera de uma humanidade calorosa.

Experimentou um pedaço de tender, depois de enfiar o trinchete na carne rosada e salpicada de cravos-da-índia. Colocou duas fatias em um prato e cercou-as com cerejas, pedaços de manga e uma pasta escura que tanto podia ser berinjela como marrom-glacê. Não provou. Queria se surpreender. Tendo enchido uma taça com o champanhe que estava enfiado no balde de gelo, voltou para a varanda, equilibrando prato e copo. Sempre tinha o cuidado de fazer assim, comer alguma coisa antes de começar a beber, para não ter ressaca.

Não havia mais lugar nas mesinhas, mas um rapaz ruivo, de cabelo cortado à escovinha, talvez estrangeiro, olhou para ela e se levantou, oferecendo sua cadeira. Ela agradeceu e sentou-se. A cadeira estava bem na ponta, à direita, onde terminava a curva do seio.

Assim que Teresa sentou, sua atenção se voltou para uma varanda do segundo andar, em diagonal, no outro seio de Mae West: ali, encostada ao parapeito, os olhos fixos na rua, estava a mulher com quem cruzara na escada. Olhava para um lado, para o outro. Parecia esperar alguém. O rosto fechado destoava da atmosfera de alegria. E mais: contrariando a regra fundamental do Ano-Novo em Copacabana, a mulher da janela vestia vermelho. Pouco depois, entrou no apartamento e desapareceu.

— Quer mais?

Era o ruivinho simpático, se oferecendo para encher outra vez sua taça de champanhe. Não era estrangeiro, afinal.

— Ah, obrigada.

O líquido borbulhava na taça. Sua amiga era assim, gostava das coisas à moda antiga. Vintage. Não servia champanhe em flûtes, as taças eram de bojo aberto, daquelas que se envolvem por baixo, como alguém empalma um seio de mulher.

Tomando a bebida em pequenos goles, de vez em quando Teresa sorria, ou fazia algum comentário para as pessoas em volta, que falavam aos gritos por causa da música alta. Mas na maior parte do tempo permanecia em silêncio. Sentia-se só, porém de uma forma deliciosa, feliz ao saborear cada pedaço daquela carne de nome macio, ao sentir as bolhas do champanhe explodindo na boca, ao enfiar os dentes na polpa de cada cereja depois de erguê-la pelo cabinho, como se estivesse em uma bacanal de cinema.

Enquanto comia, apreciava a movimentação na calçada. E foi assim que, ao erguer uma cereja e quando se preparava para abocanhá-la, percebeu, com o canto do olho, um rapaz que olhava fixamente para ela, lá de baixo. Mordeu. A cereja se soltou do cabo e Teresa sentiu a carne dura da fruta tocar o palato. Mastigou, esmagando-a, imaginando por um segundo a matéria vermelho-escura a se espalhar pela boca, como se fosse sangue. E só então sorriu para o rapaz. Ele sorriu de volta, um sorriso safado. Depois, fez um gesto afirmativo com a cabeça e, para surpresa de Teresa, se dirigiu ao portão. Ia entrar no prédio.

Teresa depôs sobre a mesinha o prato que segurava e se levantou, a taça de champanhe na mão. Cruzou a varanda, entrou no salão e caminhou até a porta do apartamento, que continuava entreaberta. Ao sair para o hall, ouviu os passos na escada e sorriu. Ele estava subindo. Na certa, vinha para a festa.

* * *

— Mas eu não fui convidado — disse o rapaz. — Não para *esta* festa... A que eu vou é no andar de cima.

Teresa sorriu, erguendo a taça. O rapaz estava à sua frente, de jeans e camiseta branca, os cabelos escuros, encaracolados, ainda úmidos do banho recente. Tinha cheiro de sabonete para bebê. De perto, parecia ainda mais jovem, uns quinze anos menos que ela.

— Não quer nem fazer um brinde antes de subir?

Teresa estava admirada com a própria ousadia. Não era de fazer isso, mas quem mandou olhar para ela daquele jeito? Ou talvez fosse o champanhe.

O rapaz sorriu. Tinha covinhas.

— É que eu tenho um compromisso.

Teresa ergueu as sobrancelhas e perguntou, com uma pitada de ironia na voz:

— Namorada?

— Não. Cliente.

O silêncio foi curto. Teresa ouviu-se perguntar, quase como se uma voz se manifestasse à sua revelia:

— Quanto?

— Em geral, é mil. Mas no Ano-Novo é mais caro.

— Eu dou três.

O rapaz olhou para Teresa com um sorriso cínico quando ela insistiu:

— Não, não. Eu quero aqui. Na escada.

O sorriso dele se alargou. Não disse nada. Teresa virou-se e começou a subir. Ele foi atrás.

Estavam ofegantes ao chegar ao último andar. Havia ali um

recuo, uma espécie de cubículo com uma porta de ferro, a meio metro do chão, provavelmente a porta que dava para o terraço, área comum do edifício. Havia pouca luminosidade, nenhuma minuteria ou aplique, só o brilho de uma lâmpada de emergência. Teresa se virou para o rapaz. Ergueu o vestido de seda, azulado pela luz, descendo as laterais da calcinha pelas pernas morenas, devagar, com a ajuda da palma das mãos. Quando o pequeno pedaço de renda e lycra se libertou, vencendo as tiras prateadas da sandália, ficou caído no chão, como um casulo de lagarta.

Teresa sentou-se na beirada do último degrau e reclinou o corpo, apoiando os cotovelos no chão frio.

— Vem.

Por um instante, o rapaz não se moveu. Depois, com os braços em xis, pegou a borda da camiseta branca e puxou para cima. O torso nu, de músculos perfeitos, aprimorados por quem tinha no corpo o instrumento de trabalho, pareceu a Teresa o complemento ideal para os cabelos cacheados, agora ainda mais revoltos, após a passagem da camiseta. Ela mordeu o lábio inferior.

O rapaz se ajoelhou diante dela, dois degraus abaixo, e se aproximou. Teresa passou a mão no peito liso, depilado, e subiu pelo pescoço, sentindo a pele áspera do queixo, onde a barba já queria despontar. Ele tomou a mão dela e enfiou na boca, a língua morna envolvendo o dedo médio. Ela fez o mesmo com a dele. Sentiu contra o céu da boca a rigidez dos ossos, as nuances das formas de cada dedo, as calosidades. E, quando a mão dele estava molhada e quente, Teresa recuou. Não fez mais nenhum gesto, ele compreendeu. E a mão calosa desapareceu sob a seda.

Quente. Úmida. Mortal. Uma planta carnívora. A mão era apenas a ponta de lança, um general, a bandeira. Teresa se amoldou a ela, retorceu-se, sugando-a, arcadas estriadas, como cavernas vermelhas, recebendo o toque virtuoso. Ele é um profissional, pensou.

Agora, era a vez de um novo recuo. Mas não dela. O rapaz se pôs de pé, imenso. Baixou o zíper. Imenso. *Um profissional.*

E ele desceu sobre ela, sem peso, sem mácula, deslizando, avançando no compasso exato, apenas um eixo, um encaixe perfeito, nem força nem aspereza — os dois estavam prontos. A dor fina no cóccix, pressionado contra o chão, era uma dor de gozo, de delícia, enquanto os movimentos cresciam como os acordes de uma sinfonia. Um, dois, mil minutos de avanço e retirada, na tortura de um êxtase que não devia vir, não ainda, não tão depressa, mas para o qual caminharam juntos, como os ponteiros do relógio, até que a meia-noite fez explodir o mundo lá fora — e eles deixaram escapar em uníssono o grito primal, sem nada a temer.

Teresa tornou a ajeitar o vestido de seda, antes de entrar no apartamento. O salão estava muito mais cheio agora, todo mundo dançando. Talvez nem tivessem dado pela falta dela. Foi até a varanda e sentou-se à mesma mesinha. O calçadão começava a esvaziar. Teresa olhou para cima, mas fez isso sem querer, sem pensar. E viu a mulher de vermelho. Ela não olhava para baixo, mais. O olhar estava estendido por cima das copas das árvores. O rosto parecia de pedra.

E se fosse ela? Quando desciam as escadas, depois de entregar o cheque, Teresa tinha perguntado:

— E a outra cliente?

— Dançou — respondeu o rapaz, descendo os degraus de dois em dois.

Teresa riu alto, lembrando o cinismo dele. E já ia se levantar para buscar mais champanhe quando a dona da casa apareceu.

— Onde você estava?

— Fui até lá embaixo. Queria ver os fogos da praia.

A amiga fez uma expressão safada, de quem duvida. Conhecia Teresa muito bem. Quando ela bebia, sempre aprontava alguma. Teresa fez um leve sinal de sim com a cabeça, adivinhando o pensamento da outra. E as duas deram uma gargalhada. O rapaz ruivo já vinha chegando, com a garrafa de champanhe.

— Quem quer mais?

— E quem não quer?

A festa continuou, a música cada vez mais alta, os corpos se movendo e suando, acompanhando o ritmo louco, uma inconsciência boa flutuando na sala, mínimas agulhadas pela alegria obrigatória, com hora marcada, princípio, meio e fim. Estava todo mundo feliz em mais aquele Ano-Novo em Copacabana. A dança prosseguiu madrugada adentro. Quando já amanhecia, os vizinhos começaram a sentir o cheiro de gás.

Nomes

Meu nome é Hans.

Nasci de uma família miserável, e miserável fui, por toda a vida. Pelo menos por dentro, no horror e na amargura que me correu nas veias. Minha tia era puta, meu avô, um louco que andava pela rua em andrajos, coberto de guirlandas de flores. Meu pai, um sapateiro pobre e fracassado, que vivia em um mundo de fantasia. Minha mãe, lavadeira e analfabeta. Em minha casa não havia livros, não havia nada. Nas paredes enegrecidas pela fuligem, só umidade e sujeira. No inverno, que durava quase o ano inteiro, as janelas e portas mal vedadas deixavam entrar por suas frestas um sopro hostil. Lembro de cada minuto daquelas noites de gelo, os pés enrolados em trapos, em tiras de papel, o frio que perfurava a pele como pequenas agulhas, inoculando nos membros um entorpecimento, uma rigidez que duraria até as primeiras horas da manhã, dificultando os movimentos, os passos, quando eu me levantasse.

Foi essa memória — a memória da miséria — que carreguei comigo. E foi ela que me derrotou. Eu tinha medo. Mais que medo, pavor. Pavor de que tudo tornasse a ser como antes, de que minha vida se desconstruísse, de que eu voltasse àquela casa escura, de paredes úmidas, àquele amontoado de construções onde era sempre noite.

Talvez por isso nunca tenha tido uma casa, e tenha vivido vagando pelas cidades, pelos países, ainda que em castelos e hotéis de luxo. De tudo o que fiz, de tudo o que fui, nada me redimiu desse terror — o terror da miséria. De nada adiantaram as glórias, as alegrias, porque a cada gesto eu reencontro o passado, e estremeço. Não deixo de olhar para trás, de temer o que ficou no fundo do poço, à espreita. A dor, a fome, a doença — tudo espera por mim, está em meu encalço. À menor distração, podem atacar.

Agora mesmo, apalpo o rosto e quase posso sentir as manchas na pele, os minúsculos sinais neste homem estranho, feio, neurastênico, que sou. Sei que estou doente, não é mentira. Não é impressão, como dizem. É real. Sinto os pequenos males se somando uns aos outros e formando um mal maior, incurável. E sinto também esse desejo proibido, que me persegue e açoita — talvez seja ele, afinal, o pior dos males.

Esta noite aconteceu. À noite é sempre pior, é quando os terrores assaltam e tomamos atalhos perigosos, em busca de conforto. Foi assim, esta noite. Comecei a pensar neles. Primeiro em Edvard, depois em Harald. Foi com retalhos deles que compus meu devaneio, meu desvario. Fecho os olhos e revejo os pedaços de corpos, um torso nu, a curva de uma coxa, a parede de músculos justos que ondeiam no abdômen, abrindo-se acima nos pequenos montes coroados pelos mamilos. Corpos. Corpos de homens. Seus fragmentos, aromas, seus esconderijos e armadilhas — suas tentações. Tudo gira em torno de mim como espectros, enchendo as noites de suor e pecado. Se nas noites da infância era a fome que me rondava, hoje são esses anseios que me ferem o sono, escravizando-me, uma obsessão crescente.

Meu corpo, meu eu, meu mundo, não posso pensar em mais nada, estou cheio de mim mesmo, de mim pleno, abastado, conheço e reconheço cada detalhe de mim — sou meu próprio reino. O cisne negro aqui está, mas de que adianta, se dentro de mim continua batendo o coração do menino rejeitado? Tenho de admitir: sou vil, pequeno, quase enlouqueci na tentativa de me manter à superfície, de não ser esquecido — de ser amado. E é por isso que quando estou sozinho, no escuro, a verdade se abate sobre mim como uma tormenta. Se hoje, que estou velho, minha vida parece um conto de fadas, se hoje posso flanar pelos palácios na companhia de reis e rainhas, a verdade é que vivo esmagado por uma infelicidade profunda, incontornável.

Mas de repente algo se transforma. Prestem atenção, olhem, o cenário é outro: agora meu nome não é mais Hans.

Agora eu me chamo James. Sim, James. E sofro, também.

Sofro.

Sou um homem, mas trago na alma uma estranha deformação, algo dentro de mim ficou cristalizado, fixo no instante que tenho carregado comigo por toda a vida, como um fardo: o momento da morte de meu irmão.

David.

Eu era o caçula de uma família de dez irmãos, mas o preferido de mamãe — todos sabiam — era David. Um dia, em meio a uma brincadeira, quando as crianças esquiavam na neve, David sofreu uma queda terrível e fraturou o crânio, morrendo em seguida. Ele ia fazer quatorze anos.

A morte de uma criança. A morte de um filho. Como mamãe poderia superar tal tragédia, logo ela, de alma tão delicada? Eu precisava fazer alguma coisa. Eu me sentia culpado. Quis então reparar aquele mal, tentei substituir meu irmão no coração dela. Hoje sei que foi isso, essa tentativa vã, que me congelou, que me fez viver para sempre acorrentado, prisioneiro do tempo. Quando David morreu, eu ia fazer sete anos.

Certa noite, a casa coberta de luto, alguém me pediu que fosse ao quarto de mamãe para confortá-la. Abri a porta e entrei, pé ante pé. Fechei a porta atrás de mim, tentando não fazer ruído. O quarto estava escuro. Trancado naquela caixa de silêncio e dor, de repente caí em prantos. Ouvindo meus soluços, mamãe perguntou, em um sussurro:

— É você?

Contive o choro, mas nada disse, pois havia alguma coisa no tom daquela voz que me assustava. Mamãe então repetiu, parecendo ainda mais ansiosa:

— É você?

E naquele instante tive certeza de que ela se dirigia a David, não a mim. Era o fantasma de David que ela queria acolher em seus braços. Com a voz engasgada, respondi:

— Não, mãe, não é *ele*. Sou eu, *só eu*.

E mamãe caiu em um pranto desesperado.

Depois disso, passei a usar as roupas de David, queria me transformar nele. Adorava meu irmão com uma devoção doentia, santificando-o, na certeza de que a morte o tornara para sempre intocável. Morto, ele jamais estaria exposto à degradação, ao lento processo de morte diária que faz da criança um adulto e do adulto um velho. Este passou a ser meu ideal de perfeição. Não crescer nunca.

Foi isso que me perdeu.

É isso que me perde, ainda — que me destroça. Sou um homem marcado. Hoje, tantos anos passados, hoje, que todos estão mortos, ainda penso naqueles primeiros anos em que vagava pelos jardins, buscando algo que me era desconhecido. *Morrer é também uma aventura, mas enorme demais.*

Fecho os olhos e sinto a brisa de outono, meus pés macerando as folhas vermelhas que forram a terra, o cheiro de umidade e decomposição. Desde aquela época eu já tinha consciência de que era um homem morto por dentro, vazio de sentimentos, incapaz de estabelecer uma relação de amor. Eu era — repito — um prisioneiro do tempo. Acho que morri no dia em que David morreu. Mas, ainda assim, caminhava, procurava.

Um dia, sob o sol outonal, vi dois meninos brincando na relva. Lá estavam. E embora não tivessem mais do que quatro ou cinco anos, representavam naquele instante, debruçados sobre uma flor ou um besouro, a mim e a David, representavam a todas as crianças do mundo, ontem, hoje e sempre. Eram As Crianças. Um deles sorriu, lançando a cabeça para trás, e foi como se seu sorriso fosse o primeiro sorriso da primeira criança do mundo. E o eco daquele riso se espalhou como milhares, milhões de fragmentos de puro cristal — que se transmutaram em fadas.

E eu quis rir e chorar e quis estar junto deles, mais que isso, quis estar *dentro* deles. Mas sabia que era impossível. Poderia tocar aqueles dois meninos, tê-los junto a mim, ser para eles uma espécie de pai — mas só. Não seria jamais como eles, tampouco seria um adulto. Estaria para sempre condenado — agora tinha certeza —, para sempre órfão, náufrago, apátrida, perdido em um mundo hostil que nunca pudera de fato habitar. E reconheci que para meu espírito condenado só havia um rumo: fugir para a Terra do Nunca.

Mas vejam, de repente há nova transformação. Agora quem sou? Como me chamo? Não mais Hans ou James — mas Charles.

Na estranha dança dos nomes, sou ele, Charles, embora tenha adotado um disfarce, outro nome — outro eu. Um duplo, um gêmeo, a face que vejo através do espelho. E é ele, esse outro homem, que vem assombrar minha consciência, soprar em meu ouvido os mais terríveis delírios. Tento fugir, mas ele está sempre lá, distorcendo os pensamentos, penetrando em meus desejos.

Sinto a gota de suor que me escorre lentamente da fronte, sinto sua carícia quase impalpável, como a ponta dos dedos de uma fada. Uma fada. Uma menina nua, flutuando no ar com suas asas de libélula, os cabelos descendo em cachos pelas costas, os braços muito brancos abertos como se me chamassem. Alice. A gota de suor cai sobre seu nome, borrando o papel, espalhando a tinta, abrindo-se como uma flor ou um câncer, a nódoa indizível que só meu diário conhece.

Letras, palavras, algarismos, números. Repito mentalmente as fórmulas matemáticas, os versos, as frases. Abro o ventre das palavras, reduzo-as a seu significado mínimo, sussurro-as para ouvir, eu próprio, como são seus sons, atento ao oco ressoar do palato, às pequenas explosões das oclusivas bilabiais. Palavras. Transformo-as em algo abstrato, faço delas meu leme, minha terra firme. Mas não só palavras, também algarismos, números, eu os recito e manipulo como se fossem preces, deles necessito, de sua frieza e lógica, embora na mais pura lógica estejam também escondidos o pecado, o desejo inominável.

Ó Pai misericordioso, eis-me prostrado diante de Vós, eu, que tenho sofrido a loucura e o pecado. Sede misericordioso, Pai, e fortalecei-me, fazei com que me possa erguer desta vil condição, conduzi-me de volta ao sagrado caminho. E que Vosso precioso sangue me livre de todos os tormentos que se têm infiltrado em meu coração.

Subo as escadas, vou até o sótão. Empurro a porta e sinto o ar ancestral, envenenado de segredos. Olho em torno. Neste sótão sem luz, quase assombrado, diviso, em meio à escuridão da noite, os velhos objetos. A máquina fotográfica, a maleta com os instrumentos, as caixas com as fotografias, o criado-mudo onde repousam os volumes de couro dos diários mais antigos. Os diários. O que será deles quando eu morrer? O que acontecerá quando se revelarem suas páginas proibidas — o testemunho do meu tormento? De repente uma saudade imensa do passado, de suas florestas encantadas, das ninfas e fadas que me espiavam por entre as folhas.

Senhor, sede misericordioso.

Abro gavetas, vasculho. Já não sei o que vim procurar, mas minhas listas estão aqui. São muitas. Organizar, organizar, separar em escaninhos, estabelecer fórmulas, é preciso cadastrar tudo, não deixar nada de fora, o diário, as fotografias, as cartas, as listas. Inúmeras listas, sempre listei meus afazeres, meus propósitos mais nobres, os convites recebidos, os cardápios dos jantares de que participei ou que organizei, as datas dos aniversários dos conhecidos. Sempre listei tudo. Sistematizada, a vida deixa de oferecer perigo — e nada pode fugir ao controle.

Senhor, tende piedade de mim.

Volto a meu quarto, procuro respirar, acalmar-me. Observo o tampo da escrivaninha à minha frente, o diário, a página aberta no ponto em que parei. *A gota de suor cai sobre seu nome, borrando o papel, espalhando a tinta, abrindo-se como uma flor ou um câncer, a nódoa indizível que só meu diário conhece.*

Papel, lápis, pena, são todos instrumentos do Bem, ofertados por Deus para nos salvar, são eles que me permitem viver limpo, imaculado, são eles que me fazem traçar mapas, esquemas, fórmulas, embora às vezes possam também me levar por caminhos perigosos, quando a pena desliza com excessiva facilidade sobre o papel e os dedos se fazem soberanos.

Alice.

Alice, os cabelos castanhos, lisos, na altura do queixo, emoldurando o rosto oval, os lábios cerrados, os olhos escuros, penetrantes. Havia lascívia naquele olhar, quase um convite na expressão voluntariosa que lhe dava ares de mulher. *Ela sabia.* E entendi isso desde a primeira vez em que a ouvi — com um sorriso diabólico nos lábios infantis — sussurrar meu nome.

Nomes.

Charles, James, Hans.

São esses meus nomes. Os nomes que me tenho dado, desde que tudo começou

— os primeiros sintomas.

Hans Christian Andersen. James Barrie. Charles Dodgson — que também se chamava Lewis Carroll. Três almas destroçadas, três homens vivendo açoitados por terrores, misérias, por fantasias proibidas. Talvez escrever livros para crianças tenha sido a forma que encontraram de se salvar da loucura. Ou talvez tenha sido esta apenas sua loucura mais palpável, a superfície, uma tentativa de estabelecer contato com o mundo. Como está acontecendo comigo. Eu também sou assaltado pelos mais abjetos pensamentos, tenho as noites pejadas de imagens que me torturam.

E quem sou, afinal?

Não importa. Meu nome verdadeiro não tem significado, por enquanto. Só sei que ferve dentro de mim essa inquietude, um movimento ascendente e irrefreável, como magma ameaçando aflorar à boca. Preciso de uma válvula de escape, abrir um talho, uma fenda — qualquer coisa que alivie a pressão e detenha o negror. É por isso que sou como eles, sinto-os dentro de mim, adotei seus nomes. Porque preciso buscar minha própria salvação. E a decisão está tomada: vou começar a escrever histórias infantis.

Hórus

O gato foi o primeiro a perceber que havia alguma coisa de errado com ele. Era uma noite de lua cheia, uma lua azul — duas luas cheias em um mesmo mês. Ele tinha visto um documentário sobre isso, sobre a influência da lua no comportamento das pessoas, sobre como os antigos egípcios cultuavam um deus chamado Hórus. Não lembrava bem qual a ligação entre uma coisa e outra, talvez tivesse cochilado no meio, mas não estava pensando em nada disso, nem se importando com a lua, nem nada. Até que aconteceu o problema com o gato. Foi esse o sinal. Porque os gatos sabem quando a pessoa está com medo. Eles sentem o cheiro.

Naquela noite, quando o homem voltou do trabalho, já era muito tarde, mais de dez horas. A gravata frouxa, o paletó nas costas, a mochila pesando, forçando o ombro, ele chegou e se jogou no sofá, satisfeito. Cansado mas satisfeito. O dia de trabalho tinha sido bom, a reunião no final do dia também, e até o chope, tomado quase de um só gole no botequim a poucos metros do escritório, descera na medida certa, relaxante. Acabou de arrancar a gravata, desabotoou a camisa, tirou as calças e os sapatos. Pegou o controle remoto e ligou a televisão, sem pensar no que estava fazendo. Não acendeu as luzes do apartamento. Gostava disso, da penumbra azulada e mutante que a luz da TV produzia na sala. Escornou-se no sofá, botou o volume bem baixinho. O gato se aninhou também, colado à sua coxa, e ficaram assim, os dois, em silêncio.

De vez em quando, o homem baixava os olhos. A luz oscilante da televisão fazia desenhos contemporâneos em suas pernas cruzadas, dançava nos pelos, no tecido da cueca, nos músculos do abdômen sob a camisa aberta.

Estava começando a cochilar quando — sem aviso — lhe veio a sensação oca, de vazio, no plexo solar. Quase uma dor, um estilete penetrando. No mesmo instante, ouviu um ruído, um chiado, que não vinha da TV. Assustado, olhou para o lado. E viu os olhos. Das pupilas dilatadas, como espelhos furta-cor, emanavam dois jatos de raio laser, de um verde brilhante, sobrenatural. O gato olhava para ele com as costas recurvas, o pelo arrepiado, arreganhando os dentes.

O homem deu um pulo, o gato também. O homem ficou olhando para o animal, sem saber o que pensar. A transformação fora impressionante. Quem estava ali já não era o gatinho indefeso que se aninhava no dono, mas uma pantera, fera negra e lustrosa, preparada para a luta.

Foi assim que começou.

Depois de alguns segundos, o coração acelerado, o homem procurou acalmar-se. Olhou ao redor, tornou a sentar. Estranho, não entendia o que poderia ter provocado a reação no gato.

Estava cansado, vinha trabalhando muito, dormindo tarde. Talvez tivesse chegado a adormecer, e sonhara. E talvez, dormindo, tivesse feito algum gesto brusco. Piscou os olhos. Pensou em passar a mão no gato, mas achou melhor não fazer muito movimento. Ficou quieto. O gato parecia novamente calmo, porém continuava sentado nas patas de trás, olhando para a luz azulada da televisão. O homem não acendeu o abajur. Não, ainda não. Por que sentir medo? Bobagem.

Depois de assistir a trechos de um programa sobre o início dos tempos, sobre como o universo inteiro tinha surgido a partir de uma bolinha de pingue-pongue, decidiu que era hora de ir tomar uma chuveirada e se deitar. A água pacifica, pensou.

O boxe dava para uma área interna do prédio, um prisma de ventilação, corredor por onde circulavam todos os murmúrios dos moradores, uma orquestra feita de gritos, desejos, acessos, roncos, flatulências. Ele sempre ouvia tudo aquilo com curiosidade. O velho que cantava como se fosse um tenor de ópera, o casal que brigava e fazia amor com rumores furiosos — a mulher muito magra, ouvira dizer que ela estava doente. Interessava-o a vida dos vizinhos, que chegava até ele em forma de sons. Como vivia sozinho, aquela algaravia humana o fascinava.

Ali, a escuta era perfeita. O chuveiro ficava junto ao basculante de vidro canelado, por onde, mesmo à noite, entrava uma claridade esverdeada e, com ela, os sussurros. Inclusive alguns ruídos misteriosos, que vinha ouvindo ultimamente — e não conseguia decifrar. Parecia um bater de asas, embora fosse raro ver um pássaro, pombo ou rolinha, por ali. Mas de repente ressoava aquele barulho repetitivo, semelhante ao de um pássaro alçando voo. Acontecia quase sempre à noite.

Abriu a torneira, as luzes sempre apagadas. Pensou em Natália, sua última namorada. Ela achava graça naquela mania dele de tomar banho com a luz desligada, de andar pela casa no escuro. E ria, beijando-lhe a ponta do nariz e dizendo:

— Você é um ser das trevas.

Natália. Fazia alguns meses que ela fora embora, tinha ido morar em Berlim. Ele estava outra vez sozinho. No fim, era sempre isso, sozinho. *Um ser das trevas.*

Deixou a espuma do xampu escorrer pelo rosto, pela nuca, e cair no chão em pingos pesados, como cusparadas. Estava assim, os olhos semicerrados para não arderem, quando entreviu, a poucos centímetros do rosto, a sombra de um pássaro. Abriu os olhos de uma só vez, sentindo nas córneas a ardência imediata.

Ali estava, o corpo escuro, as penas arrepiadas. Sim, era um pássaro. Equilibrava-se na esquadria do basculante, do lado de fora, a silhueta recortada pela luz da lua. Era um pássaro graúdo, talvez grande demais para ser um pombo. Teve medo de que ele conseguisse penetrar pelo espaço estreito entre uma lâmina de vidro e outra, o que seria um problema, por causa do gato. Um dia, muito tempo antes, um passarinho tinha entrado pela janela entreaberta e ele, ao chegar do trabalho, encontrara no assoalho um resto sangrento de penas e três estrelinhas escuras que, em um exame mais acurado, entendeu serem duas patinhas e um bico.

Pensando nisso, tentou fechar o basculante para fazer o pássaro preto voar dali. Mas ele ficou na ponta das garras, bateu as asas, equilibrou-se. E não foi embora. O homem tornou o basculante à posição original. O pássaro aprumou-se na pequena saliência de alumínio entre o vidro e o espaço.

Por que será que ele se agarrava assim ao basculante? Por que não voava? Estaria doente?

Enxaguou o rosto e a cabeça. Os olhos ainda queimavam, sua visão tinha ficado embaçada. Esfregou bem o rosto, mais uma vez. Agora sim, o ardor nos olhos diminuía. Observou o pássaro. Voltou a tocar na ponta da alavanca que abria o basculante. Forçou um pouco, devagar. Viu o pássaro começar a se debater para evitar a queda. Um pássaro que não voava, um não pássaro. O pombo, ou o que quer que fosse, não queria, ou não podia, sair dali. E agora, através da fresta do basculante, virava a cabecinha na direção do homem. O pássaro *olhava* para ele.

Sentindo da ave, incandescente, o olhar queimar-me fixamente,
Eu me abismava, absorto e mudo, em deduções conjeturais.

O verso cintilou por trás dos olhos ardidos do homem e ele pensou no ruído intermitente que vinha ouvindo nos últimos tempos. Já até falara com o porteiro sobre o assunto. Quase sempre à noite, o som reverberava pelo prisma para onde dava a janela do banheiro, o tal som como o bater de asas, que não durava mais que oito ou dez segundos. Talvez fosse uma máquina, um gerador. Ele no início brincava, imaginando ser o voo de um pterodátilo, que algum cientista maluco da vizinhança mantinha em casa, aprisionado. Mas depois o ruído começara a incomodá-lo. E, agora, aquela aparição de um pássaro de comportamento incomum, um pássaro que voltava para ele uns olhos inteligentes, penetrantes.

Tirou o resto do sabonete que lhe ficara no corpo. Sentiu uma urgência de sair do banho, enfiar-se na cama, adormecer. Uma pontada de pânico lhe pinicava outra vez o plexo solar, mais para a esquerda, uma espécie de câimbra que ameaçava se espraiar pelo braço, mas não, não podia pensar nessas coisas agora. Por algum motivo, desde menino, tinha uma sensação de impotência quando tomava banho, a impressão de que ali debaixo d'água estava à mercê de qualquer perigo, sem defesa, desarmado.

Fechou a torneira e correu a porta de vidro, mas, antes de sair do boxe, viu no chão do banheiro uma sombra escura, de olhos incandescentes. Era o gato, que estava sentado no tapete, como se esperando alguma coisa. Talvez tivesse avistado o pássaro do lado de fora. O homem se lembrou da atitude agressiva do bicho, pouco antes. Será que os olhos dos gatos sempre brilham assim no escuro?

Virou-se, olhou na direção do basculante. O pássaro não estava mais lá. Tinha sumido. Estranho, fora um voo silencioso, naquele pátio onde ele ouvira tantos sons de asas batendo nos últimos tempos. Agora, o pássaro se desvanecia assim, depois de parecer se agarrar ao vidro canelado como se não soubesse voar. Pode ter desabado lá embaixo, devia estar doente, pensou, tentando apegar-se a qualquer coisa de real. Mas o estilete no estômago estava de volta, a agulhada do medo.

Quase temia o momento de se virar outra vez, dar um passo para o centro do banheiro, para junto do gato, encarar de novo aqueles olhos de laser. O que os bichos queriam com ele aquela noite?

Ficou parado, observando o céu escuro através das nesgas. Quem sabe o pássaro não voltava? Era só um pombo, mais nada, repetiu mentalmente. E era por isso que o gato estava alerta. Não era por causa dele, era pela presença de um pássaro nas redondezas. Gatos têm instinto de caça, são predadores natos. Eles guardam a memória da vida selvagem. Era isso, mais nada. Não precisava continuar assim, paralisado, tomado por uma sensação absurda de medo. Medo do gato, do pássaro, medo dos sons, dos olhos...

Ouviu o ruído. Vinha do chão do banheiro.

O mesmo chiado agressivo de antes, o caçador à espreita.

Não conseguiu se mover, muito menos desgrudar os olhos do basculante, onde buscava algo de banal, que o salvasse. Mas os segundos passavam e nada acontecia, ninguém vinha em seu socorro. No instante em suspensão, uma aura de irrealidade contaminava tudo, até o tempo.

Ele queria erguer o braço, tocar a alavanca, abrir o basculante, buscar o pássaro desaparecido, mas sabia que se o fizesse seus movimentos seriam lentos, pegajosos — como nos pesadelos.

Outro chiado, agora mais forte. Seguido de um rosnado

grosso, alongado, subindo de tom no final. Um rugido de fera, de lobo, de monstro, um som que não podia estar sendo produzido por seu gato, um bichinho tão inofensivo. Movido talvez pelo pavor, conseguiu descongelar os próprios músculos e, com um impulso, levou o braço em direção ao basculante para se apoiar.

E foi nesse instante, ao baixar os olhos, que ele viu. Viu, quase sem surpresa — como se esperasse: em lugar do próprio braço, a imensa asa de penas negras sob os raios da lua.

Luzia.

Sem mãos

O escritor é sempre contra o homem.
Carlos Heitor Cony

Noção aguda de felicidade. Tudo está em seu lugar. A paisagem fere os olhos com sua perfeição. Daqui, deste banco de madeira, meu olhar pousa nas pedras que adentram o mar, de um verde profundo. São pedras rugosas, recobertas de limo. Sob a superfície transparente, vejo os pequenos tufos como pés de alface marinha, ondeando. Além, as próprias ondas, infinitas, que a essa hora, sob a luz do amanhecer, ganham matizes lilases em suas bordas de espuma. E, mais além, o perfil também ondulado das montanhas, ainda azuis por causa da bruma da manhã.

Em seguida, baixo os olhos. E eles se fixam nas ripas de madeira, gastas pelo sol e pelo vento, do banco que me sustenta. Ripas que acolhem este corpo cansado, minhas pernas magras. Sou um homem velho. Minha pele ressecada se transforma em pergaminho. Vejo as dobras dos joelhos descarnados, a pele flácida formando delicada renda e, abaixo, os pés compridos, de dedos muito magros, enfiados no chinelo de tiras de couro, repousando nas pedras portuguesas.

Pés plantados sobre um chão de felicidade. Felicidade que vem de você, Sofia.

De seus olhos, seu sorriso, seus gestos. Em tudo encontro fascínio — na beleza do rosto, na suavidade da pele, no viço do corpo. No humor, nas observações ácidas, inteligentes, mescladas aos gestos pueris da criança que mal deixou de ser. Na lascívia, na ternura. É a mistura perfeita, o equilíbrio sonhado, no tempo certo, na hora exata. Tão menina, ainda, e já tão completa.

E no entanto...

Sofia, Sofia, esse bem-estar começa a me consumir. Como aquela argola de ferro que observo, agora, presa à pedra, junto às ondas — para que terá servido, um dia? —, roída pelo sal, eu também me esfacelo, dia após dia. A ferrugem me paralisa, toma conta de minhas mãos, de minha mente. Tenho medo de tanta beleza, de tanta doçura.

Assim como essa paisagem, em sua perfeição, você me inquieta, Sofia. Você me assusta.

Volto a olhar meus próprios pés, o chão. E sou tomado de imediato pela certeza de que não posso continuar assim. É quase indecente um velho se sentir tão feliz.

O olhar de Carlos prende-se ao desenho escavado no cristal. O bojo da taça é todo riscado de arabescos, sulcos abertos pela agulha na superfície transparente. Olhando a delicadeza daquela taça, imagina fornos cuspindo fogo, garras de ferro segurando a lava incandescente do cristal líquido, homens suados girando e soprando para dar forma à matéria quente. Por trás daquele copo finíssimo, há tanto trabalho bruto, tanto suor, força. Tanto chumbo.

Sim, chumbo. Para chegar ao cristal é preciso acrescentar chumbo ao vidro. Grosseiro e pesado, é ele que dá a sonoridade ao cristal, é o chumbo que faz do vidro quente a matéria maleável de onde nascerão taças como esta. Carlos olha a própria mão envolvendo o copo. E sorri, amargo. É isso. É de chumbo que precisa.

Levanta-se e caminha em direção ao jardim, sentindo a taça de vinho pesar-lhe entre os dedos. Lá fora, sob o toldo branco, vê, em meio a uma roda onde está o dono da festa e alguns de seus convidados, o brilho alourado dos cabelos de Sofia. Vê quando ela, desenvolta, joga a cabeça para trás, as costas nuas sacudidas por uma gargalhada. *Deliciosa.* O grupo, em torno, ri também. Deve ter sido Sofia quem disse alguma coisa engraçada. As notas do riso dela ainda se sustentam no ar, por um instante, reverberando nos ouvidos de Carlos. *Quero você sempre assim. Por favor, não envelheça nunca.*

Um garçom se aproxima de Carlos, fazendo menção de encher-lhe outra vez a taça. Mas ele recusa. Desce os degraus da varanda olhando para o chão e vê quando os sapatos de couro escuro afundam na grama. Um, depois o outro. Um, depois o outro. Depõe a taça vazia sobre uma mesa de jardim, de metal trabalhado, pintada de branco. Em seguida, dá a volta por trás de uma cerca viva de hibiscos e, vendo ainda, acima da vegetação, a ponta do toldo branco, afasta-se.

Chegando a um ponto isolado do jardim, de onde ouve, vagos, os sons da festa, senta-se em um tronco cheio de bromélias, diante de um lago, pequeno espelho d'água em que vê refletida a luz da lua cheia. Observa enquanto seus dedos polegar e médio da mão direita envolvem a aliança de ouro na mão esquerda. Um presente de Sofia. "Usar aliança sempre foi meu desejo inconfessável", disse ela. "Mas quero que você use também. Se não, não vale." Sofia. Tão linda, tão jovem. O que terá visto em um velho como ele? Carlos puxa o anel devagar, fazendo a rotação para que deslize mais facilmente. Acolhe-o na palma direita e torna a olhar as águas paradas. Depois, com um gesto rápido, atira a aliança no lago.

Uma faísca mínima, um revolver de águas, círculos concêntricos que se esgarçam, desaparecendo pouco a pouco.

Ainda demora algum tempo até que a superfície se acalme de todo para, novamente espelhada, receber a lua. E a noite se fecha sobre aquele instante, cúmplice.

"Se não, não vale."

Carlos olha para a tela do computador, vazia e escura. Nela, as estrelas se movem. É uma chuva prateada, vindo em sua direção, desintegrando-se contra o cristal líquido. É como se ele, o homem, vencesse as distâncias de peito aberto, mergulhando, nu e sem nave, nas profundezas desconhecidas de alguma galáxia distante. Imóvel, os olhos muito abertos, deixa-se envolver pela ilusão daquela viagem por segundos incontáveis. Não sente medo nem euforia. Apenas solidão.

Rompe o caminho de estrelas na velocidade da luz. Suas moléculas se desintegram, a matéria se faz energia. É agora um ser incorpóreo, trançado de chispas incandescentes, apenas brilho, cintilação, faísca impalpável. Cessou de existir como homem. Sabe que a qualquer momento resvalará por uma fenda, mergulhará em uma falha do tempo ou do espaço, será tragado pela densidade de um buraco negro, onde matéria e luz permanecem para sempre prisioneiras. E ali se fundirá ao vazio que nele se fez, há muitas eras.

Um ruído, um baque qualquer, vindo do andar de cima, o

traz de volta em um segundo. A mente voa mais rápido que a luz. Pisca os olhos, despertando do torpor.

As estrelas de mentira continuam riscando o cristal escuro, à sua frente. A realidade o abate. É só isso que a tela lhe dá. O vazio.

Soca o teclado — e as estrelas desaparecem, por encanto. Mas de que adianta? A tela — esta tela, que é o papel em branco transformado — é vã, a expressão de um não ser opressivo que se estampa diante de seus olhos como um insulto, uma bofetada.

Não consegue escrever. Há semanas, meses, vem tentando, mas seus dedos, seu cérebro, sua alma — principalmente a alma — tornaram-se estranhos para ele. Entidades hostis, avessas à sua vontade, inertes, saciadas, plenas de felicidade, esse veneno que contamina a criação.

Olha para as próprias mãos, vazias, pousadas sobre a mesa, ladeando o teclado. Mãos morenas, recobertas por uma penugem grisalha que vem dos braços, rareando. A esquerda tem no dedo anular a marca da aliança, que desde a véspera repousa no fundo de um lago. A direita exibe, entre os dedos médio e indicador, um tom amarelado. Anos de nicotina. Ao lado dessa mão, está o cinzeiro cheio de pontas de cigarro, agora inúteis. Fumar não adianta. Já não o faz pensar, como antes. Nada é capaz de romper a crosta de beatitude que envolveu sua mente como paina, fazendo com que as agudezas do mundo batam nela sem ricochetear. O cérebro absorve os golpes em sua superfície macia e transforma as arestas em massa amorfa, sem poder algum. Tudo perdeu o sentido. E suas mãos estão mortas.

Eu posso senti-lo, agora. Está aqui mesmo, aqui dentro, este monstro que me espreita. Sinto sua respiração entrecortada, feroz. Na penumbra, quase posso divisar seu rosto, as gotas de suor porejando da pele marcada. Eu o conheço bem. Já vi sua face antes, há muito tempo.

Ele espera. Não tem pressa. Mas sabe o que quer de mim. E sabe que é uma questão de tempo. Vem bebendo meu sangue, devagar, um pouco mais a cada noite, a cada momento de solidão, quando me viro na cama, quando a água se despeja sobre meu corpo, quando meus olhos saltam da página de um livro e, errantes, buscam um ponto qualquer no infinito. De cada encontro desses eu saio marcado, mesmo se o que sinto é apenas um rastro de sua presença, o brilho do olhar, o calor do hálito, o cheiro de suor.

Sei bem o que quer de mim — me destruir. Destroçar minha vida, para depois, dos despojos, fabricar seu combustível e alimento. Mas eu não o temo. Tenho por ele um respeito surdo, estranha adoração. De alguma forma preciso dele, é meu melhor inimigo. Sei que seu cerco se fechará, em breve, e já posso sentir o pulsar de seus músculos espectrais me envolvendo. Tremo na antecipação dessa posse. Mas não importa — eu, como ele, sei esperar. E minha espera é reverencial.

Carlos se levanta. Livre das cobertas, seu corpo nu sente o contato com o ambiente frio. O ar-refrigerado está ligado na força máxima. Dirige-se com passos determinados à janela, trilhando, no escuro, o caminho que conhece tão bem. Com um gesto rápido, puxa a corda do blecaute, que sobe, como a cortina de uma janela de trem. A luz azulada que vem da rua se despeja sobre o quarto, instantaneamente. Nas laterais da janela, a outra cortina, mais fina, tremula com o sopro do ar artificial. Carlos vira-se e olha.

A cena que vê é de uma beleza plástica avassaladora e Carlos sabe que ela permanecerá em suas retinas, para sempre. Estendido na cama, semiencoberto pelo lençol de cetim cor de prata, jaz o corpo de Sofia. Suas curvas dão ao tecido um relevo lunar, árido. Há ali a beleza de um deserto. Os cabelos longos, alourados, espalham-se em suaves anéis sobre o travesseiro. Um dos seios se insinua sob a curva da axila e a pele nua das costas cintila na penumbra. Os braços alvos emergem com elegância do lençol e ganham, como tudo o mais, o matiz azulado da luz que — tal qual uma lua de teatro — entra pela janela. De perfil, em meio àquela luz de mentira, o rosto adormecido de Sofia exibe um sorriso quase imperceptível. *Deve estar sonhando.*

Aproxima-se, sem tirar os olhos da mulher. Quando está a dois passos da cama, ela se mexe. Move-se com languidez, deslocando o lençol, cujas ondas prateadas lhe escorrem pela coxa, fazendo nascer no quarto outra lua, de pele muito clara. Seu sorriso se alarga. Parece murmurar alguma coisa no sono. Faz um gesto em direção ao lugar da cama onde Carlos deveria estar, como se o buscasse.

Carlos baixa os olhos para o próprio corpo, esse seu corpo envelhecido, recoberto de pergaminho, mas em cujas veias ainda corre um sangue novo e quente. Por baixo da pele ressecada, as nascentes borbulham como o coração de um vulcão. E ele se aproxima mais.

Finca os joelhos na cama e, enlaçando Sofia por trás, sente a maciez do cetim se transformar em pele, ainda mais doce. *Adoro você.* A mulher continua adormecida, mas seu sorriso dá lugar a um gemido, meio de dor, meio de prazer. Carlos vira-a para si, de um golpe, e em frenesi põe-se a devorá-la por todos os poros. Beijando e mordendo com sofreguidão, envolve-a com seu corpo em brasa, sentindo-lhe a carne fria. Embora ela esteja envolta no lençol, é ele quem ferve, é de suas veias que emana um calor de ebulição. Sofia resiste, murmura alguma coisa, tenta abrir os olhos. Mas seu corpo lasso já foi tomado pela fúria de Carlos, cujo desejo é agora irrefreável, quase assassino.

Agarra-a pelos cabelos, enfiando os dedos e o rosto naqueles anéis macios, sentindo-lhe o perfume, enquanto a mulher tenta desvencilhar-se. Agora mais desperta, mais forte, Sofia crava as mãos nos ombros de Carlos, procurando contê-lo, ao mesmo tempo em que pede que ele pare — mas sua voz trai uma rendição. *Você quer.* E Carlos se atira com fúria renovada sobre sua presa, beijando-lhe a boca contra a vontade, sentindo nela o gosto da noite, o fermento dos sonhos, a mistura que o atiça ainda mais, em uma espiral sem fim. Sofia ainda geme uma vez, mas o beijo a venceu — e suas mãos, desprendendo-se dos ombros, deslizam agora até o centro das costas de Carlos, puxando-o em agonia.

No segundo seguinte, parece arrepender-se, recua. Sussurra o nome de Carlos, súplice. Busca os olhos dele, tenta fazê-lo entender que quer ser amada, mas não assim, não com essa fúria que não admite reverso. Carlos, porém, não para. Volta a sufocá-la com um beijo ainda mais vigoroso, ainda mais faminto, enquanto espalma uma das mãos em sua coxa com toda a força, afastando-a. Sofia arregala os olhos, como se só agora compreendesse a extensão dos gestos dele, sua determinação. E se contorce, tentando escapar a qualquer custo. Mas é tarde.

A penetração se dá de um só golpe, sem perdão. A mão de Carlos, espalmada agora sobre a boca de Sofia, impede-lhe o grito, enquanto ele se atira sobre a mulher em sucessivas estocadas, sentindo na palma a dor fina da mordida, um último gesto de luta.

Sofia resiste, ainda, por um tempo. Mas, com um movimento sutil, seus quadris vão aos poucos entrando no ritmo. Os braços passam a agir por conta própria, alternando agressão e carícia, e seus mais íntimos segredos se revelam, liquefeitos. E Carlos percebe que, lentamente, golpe após golpe, começa a vencê-la. *Amo você, menina.* Até que o corpo de Sofia reage, desperta, rende-se, colabora — incentiva. Incendeia-se. E eles cavalgam juntos, afinal, no leito agora inundado de fluidos.

Sofia, Sofia. Meus músculos estão frouxos, saciados — plenos de você. Sinto seu cheiro em minha pele, enquanto adormeço. E vejo que seu corpo voltou a mergulhar nos cetins, refazendo o deserto da cama e suas ondas, todo ele agora um oásis, inundado de mim.

Você não devia ser tão bela.

Não devia ser assim tão doce. Nem tão jovem. Como posso ficar e assistir a seu esfacelamento, à lenta agonia diária, às sutis exibições de mesquinharia que o tempo nos impõe, roubando a luz, o fascínio? Como posso deixar que nosso amor se desintegre, se afogue nas mínimas lágrimas do cotidiano, gota a gota?

E como, sobretudo, posso continuar vivendo a seu lado se metade de mim já morreu?

Sofia, Sofia. Procure entender. Sou um homem sem mãos. Tive-as decepadas ao acariciar sua pele, ao tocar seus cabelos, ao adormecer, como agora, enrodilhado em seu colo. Foi minha condenação. Você amacia meu corpo, me distrai a alma, destrói as defesas. E isso faz afluir — perigosamente — meu lado bom. É por isso, meu bem, que preciso ir. É só por isso. Foi seu único erro, querida. Você me acalma, me faz dormir. Você me deixa feliz demais. Não posso suportar.

— Oi.

— Bom dia.

— Você estava saindo?

— ...

— Aonde você vai?

— Vou descer um instante.
— Acordou tão cedo…
— É.
— Já tomou café?
— Não.
— Vai dar sua caminhada, então?
— Não.
— Não?
— Não. Só vou descer pra comprar cigarro.

Ritual

Sabia que era perigoso caminhar sozinha em uma cidade assim, desconhecida, e ainda por cima em um país árabe, sendo ela mulher, uma estrangeira. Era um desafio ao imponderável, sorriso de escárnio diante da sorte — mas não pudera evitar. Saíra, simplesmente. Em um impulso.

Deixara o hotel bem cedo sem dizer aonde ia, sem deixar mensagem para os companheiros de excursão, sem esperar por ninguém, muito menos pelo guia que os levaria para o primeiro passeio pela cidade. Talvez — agora admitia — tivesse premeditado a escapada. Na noite anterior, quando vinham do aeroporto, ela já falara de cansaço, mostrando uma indisposição que não sentia, talvez preparando o terreno, de forma ainda inconsciente. Para que, de manhã cedo, reunidos no saguão para o passeio, os outros não estranhassem sua ausência. Ela ontem parecia indisposta, diriam. Com certeza decidiu dormir até mais tarde, e por isso não está atendendo ao telefone.

Riu alto ao pensar nisso, chamando a atenção de duas mulheres de xador que passavam por ela na calçada. Atravessou correndo a avenida larga diante do hotel. Os carros, alguns muito antigos, passavam feito loucos, cortando uns aos outros, como em uma cena de perseguição no cinema. Não havia faixa de pedestres naquela esquina. Assim que se viu do outro lado, a mulher olhou para trás. Observou a fachada ocre do hotel, o toldo que abrigava os hóspedes da chuva e do sol, a bela porta de vidro e metal trabalhado. Ali estavam a segurança, o conforto, a previsibilidade. Virou-se e seguiu em frente, afastando-se.

Andou pela calçada estreita sem prestar muita atenção nos prédios e casas que se erguiam de um e outro lado da rua, como se fizesse questão de esquecer o caminho. Perder-se em uma cidade estranha era uma velha urgência que a acometia, sempre. Uma compulsão. Precisava daquela sensação de resvalar através de uma fronteira, de tocar um território novo, talvez inóspito. Se possível, inóspito. Seu coração batia em um ritmo sensual, as mãos suadas agarrando-se à bolsa, o medo pinçando-lhe o estômago, poderoso afrodisíaco. Era como fazer amor com um desconhecido.

A rua por onde caminhava, embora não tão larga quanto a avenida do hotel, parecia ser uma artéria importante, por onde passavam mais carros do que pedestres. Não era o que queria. Precisava embrenhar-se por ruas menores, esbarrar nas pessoas, sentir nas pernas o roçar de suas vestes ao cruzar com elas, perceber-lhes o hálito, o cheiro de suor.

Já trazia as faces vermelhas e a respiração alterada quando parou de repente, atraída pelo aspecto de uma rua transversal à sua direita, sinuosa e escura. E entrou nela, o coração batendo como nunca.

Ouvindo o ruído dos próprios passos no chão de pedra, ergueu os olhos. As construções quase se fechavam acima de sua cabeça, tal a estreiteza da rua. Sorriu, com um arrepio, ao pensar que as paredes debruçavam-se à sua passagem, para vigiar-lhe os passos. Como se soubessem que ali estava uma intrusa.

Adiante, a rua era cortada por outra, igualmente estreita. A mulher enveredou por ela. Tampouco ali havia alguém à vista. Alguns metros à frente, um gato rajado surgiu e logo desapareceu por um portal, único sinal de vida no emaranhado de becos escuros. Ela foi em frente, sem nenhum temor.

Só depois de vários minutos de caminhada é que ouviu um murmúrio, ao longe. E, curiosa, rumou em sua direção. Em um bairro assim, sombrio e atravessado por ruelas tão estreitas, devia haver uma praça. E nela, com certeza, estaria concentrada toda a atividade humana.

Aos poucos, foi percebendo que o murmúrio aumentava. E embora ainda não avistasse ninguém na ruela em curva que agora trilhava, sentiu no ar a presença de um cheiro novo. Respirou fundo. Era um aroma forte, encorpado, que misturava iguarias e urina, cujo rastro daria por certo em alguma feira ou mercado ao ar livre.

Não se enganou. Em segundos, desembocou na praça.

Encostou-se a uma parede de esquina, as narinas dilatadas, os olhos lacrimejando. Passou a mão no rosto, piscou. Em contraste com a penumbra dos becos por onde andara, o espaço aberto feria com uma luz agressiva, quase irreal. Sentiu-se um pouco zonza. Mas não só por causa da luz. O cheiro, ou a mistura de vários cheiros, era agora quase palpável. A atmosfera estava impregnada de pimenta e açafrão, de suor de animais e homens, do odor acre do cobre, de tecidos e tapetes empoeirados. E havia também o cheiro abafado das mulheres, sob cujos véus escuros parecia palpitar uma vida secreta — proibida.

Ficou assim por um instante, encostada à parede, os olhos fechados. Passou a prestar mais atenção nos ruídos, no clamor que se erguia da praça, algaravia incompreensível e hipnótica. Sorriu. Vão achar que sou louca, pensou. Mas é mentira. Disseram isso um dia, mas é mentira.

Com os olhos bem apertados, para que a claridade feroz da praça não penetrasse por entre seus cílios, concentrou-se nos sons e nos cheiros. Mais nos sons do que nos cheiros. Até porque, em meio ao burburinho dos mercadores e fregueses da feira, surgia alguma coisa nova, deslocada, um ruído surpreendente. Apurou os ouvidos.

Não havia dúvida. À sua direita, crescia um som agudo, coletivo. Levou um tempo até conseguir identificá-lo vagamente, ou ao menos encontrar uma comparação na qual se encaixasse. Era como se dezenas de índios de cinema se aproximassem batendo a mão na boca em movimentos rápidos, prontos para o ataque. A imagem a fez rir, outra vez. Mas o som persistia, mais e mais claro. E ela, já sem poder resistir à curiosidade, abriu os olhos.

De um dos lados da praça, localizou a fonte do ruído. Parecia uma procissão. A mulher descolou-se da parede e deu alguns passos à frente, tentando ver melhor. Notou que as pessoas à sua volta faziam o mesmo e que o rumor dos mercadores baixava. A praça parecia preparar-se para receber em silêncio o estranho cortejo.

À frente, montada em um cavalo ricamente enfeitado de borlas e pingentes coloridos, estava uma criança. Um menino. Vestia uma roupa de seda bordada, com pedrinhas que reluziam ao sol. Seus cabelos, escuros e lisos, colados à cabeça, também brilhavam, com um tom avermelhado, como se tivessem sido banhados em hena. Em torno do menino, vinham, a pé, dezenas de pessoas, homens e mulheres, em trajes de festa. Era da boca das mulheres — só das mulheres — que saía o som de batalha, agora reinando único, ante o silêncio da praça. As mulheres estalavam a língua contra a boca em um movimento incessante, fazendo vibrar o som agudo emitido na garganta. Era inquietante ver aquelas línguas movendo-se febris, as pontas vermelhas como pequenas cobras que aflorassem dos lábios pintados de carmim escuro.

Mas a procissão não terminava aí. Atrás do primeiro grupo, vinha outro, depois outro, e muitos mais, cada um se fechando em torno de uma criança montada em um animal, com as mulheres sempre emitindo aquele som tribal. Apenas a riqueza das roupas e o porte do animal variava, provavelmente de acordo com as posses da família. Havia meninos montados em belos cavalos de raça, com seu pelo reluzente e o andar compassado. Já outros iam em cima de burricos que mal sustentavam seu peso.

Mas eram muitos os detalhes comuns a todas as crianças. Não havia meninas, só meninos. Todos pareciam ser mais ou menos da mesma idade e estavam vestidos, se não com luxo, ao menos com capricho. Traziam os cabelos emplastrados de hena, e todos — este último detalhe a mulher observou agudamente — tinham o olhar perdido, vazio, como se estivessem sedados ou bêbados.

Hashish, disse uma voz atrás dela. A mulher virou-se. Um rapaz louro, de faces afogueadas e olhos de um azul transparente, conversava com um amigo, na calçada. *Haxixe?* A mulher aproximou-se do estrangeiro e, em inglês, perguntou-lhe se sabia o que era tudo aquilo. Uma cerimônia coletiva de circuncisão, ele explicou. E as crianças tinham o olhar estranho porque, antes do ritual, eram sedadas com chá de haxixe para não sentir dor.

A mulher agradeceu, com um sorriso polido. E afastou-se. *Para não sentir dor*, murmurou. Deu outra vez uns passos à frente. No cortejo, aproximava-se agora um menino montado em uma espécie de pônei, cujas patas pisavam com enorme insegurança o chão de pedra. Era um garoto franzino e sua roupa, feita de tiras de algodão colorido, apesar de muito engomada, exibia costuras que revelavam já ter sido usada muitas vezes, quem sabe por irmãos mais velhos, em rituais anteriores. Mas, apesar de seu aspecto pobre, o menino tinha um porte altivo e um olhar ainda mais incendiado que os demais, como se delirasse.

Os olhos da mulher se fixaram nele. À medida que se aproximava, balançando sobre o cavalo de andar incerto, ela o observava cada vez com mais atenção, em concentração máxima, fascinada, sobretudo, por aqueles olhos absurdos, saltados, de córneas ressecadas, estriadas de veias. Era impossível dizer que cor teriam. Toda a íris fora contaminada pela pupila, que se tinha expandido como um tumor, ou uma galáxia. Presa na observação da criança, a mulher percebia seus próprios olhos se dilatando também e quase podia sentir a pupila que se abria em pequenos saltos. Sua cabeça agora girava, assim como as pessoas em volta, assim como a própria praça, com suas cores, seus cheiros e estranhezas. O único ponto fixo eram seus olhos, ancorados no menino, enquanto em torno o estalar das línguas das mulheres crescia, tornava-se feroz, reverberando em estilhaços metálicos, que rodopiavam no ar, junto com tudo o mais.

Até que, de repente, alguma coisa se deslocou.

A princípio, a mulher não entendeu o que era. Lentamente, o menino virava a cabeça em sua direção, como se farejasse, como se a pressentisse. Durante um tempo desmesurado, seus olhos se moveram, caminhando para ela — até que a encontraram. E, então, o menino sorriu.

Ela recebeu o sorriso como um golpe.

Em sua alucinação, o menino a reconhecera. Olhava-a com a certeza de que ali estava sua igual. Sabia — como só os loucos sabem — que a mulher havia transposto uma fronteira.

O poço sem pêndulo

It was not that I feared to look upon things horrible,
but that I grew aghast lest there should be nothing to see
Edgar Allan Poe

Não é um silêncio completo. Há, sim, um rumor distante. Como o motor de popa de um barco perdido no oceano. Muito, muito longe. E o ruído chega até mim de forma inconstante, quase caótica. São sons fragmentados, como os ecos de um sonho, sons imprecisos que, se fossem imagens, teriam um contorno flou, desfocado.

Eu só respiro — mais nada. Sinto o ar entrando e saindo, devagar. Nem penso em me mover, por enquanto. Não tenho certeza de onde estou, só pressinto ser em alto-mar, deitada talvez na proa de um barco, atracado nas águas paradas de uma baía. Não faz frio nem calor. E não há sinal de luz. É noite neste mar.

Fico assim, o corpo atento, à espera de um balanço, ou de um marulho mais próximo, água contra o casco, provando que estou mesmo onde penso estar e que estou desperta, não é um sonho. Mas o mundo continua imóvel. O que há são apenas os sons, os mesmos sons, marinhos, porém distantes, algodoados. E sempre com altos e baixos. Têm até um caráter corriqueiro, mas isso, em vez de me tranquilizar, me inquieta — não sei por quê.

Augusto. Devo pensar nele, é importante. A presença dele sempre me acalmou. Claro, se estou a bordo de um barco, o barco *só pode ser dele*. Augusto adora velejar. Aliás, foi em um barco que nos conhecemos, a caminho das Ilhas Lérins, em Cannes. Ele estava com a mulher.

A mulher. O assunto é um pouco cansativo. Mas tudo bem. Depois de tantos anos, já não me importa a mínima. Temos o nosso arranjo, que afinal se revelou perfeito. Augusto é um homem de posses, dinheiro de família. Da família dele e da família dela. Há negócios envolvidos, muitas questões. Seria impossível uma separação. Impossível não, mas seria inconveniente. Então, decidimos deixar tudo como estava. Isso faz quanto tempo? Quase trinta anos.

Mas não devo pensar nessas coisas agora, disputas, dinheiro, *ela* — a mulher. Preciso relaxar. Vou deixar meu pensamento voar em direção à ilha onde nos conhecemos. É assim que escapo, sempre. Se alguma coisa me inquieta ou incomoda, eu vou para lá.

Não era verão, ainda. Era fim de outono. Eu estava sozinha na Riviera, para escrever uma matéria de moda. Lembro que naquela manhã tinha ido ao salão fazer uma restauração de sobrancelhas. Uma técnica fantástica. Na época, ainda ninguém falava disso aqui no Brasil. Quando terminou e eu me olhei no espelho, fiquei impressionada: era como se ali, diante de mim, estivesse outra mulher. Já tinha quase quarenta anos, mas aparentava muito menos. Com aquelas sobrancelhas, então…

E foi com esse espírito que, na tarde de folga, decidi embarcar no passeio até as Ilhas Lérins. Recordo cada detalhe, a tonalidade do azul do céu, o perfil avermelhado das montanhas — os Alpes Marítimos —, o mar de um verde profundo, acinzentado. E a embarcação vermelha e preta. A lembrança me faz sentir outra vez, no corpo, na pele, o calor do sol, traz de volta a sensação de instabilidade ao pisar nas tábuas da proa, o mar se movimentando sob mim como um tapete mágico. Eu estava radiante.

Logo que o barco zarpou, encostei-me a uma das paredes na lateral da proa e fechei os olhos. O ar marinho penetrou em mim de forma aguda, como o grasnido das gaivotas. Um som metálico, um punhal. Assim, também, foi a voz que me despertou.

— Não se mexa.

Abri os olhos. Mas, de resto, continuei paralisada. Instintivamente, obedeci àquela ordem. Havia um poder na frase, no tom de voz. Esperei.

— Volte a fechar os olhos.

Fechei.

— Assim.

Silêncio. Apenas o barulho do barco contra o mar, abrindo caminho.

— Só mais um pouco.

A proa do barco continuava espancando as ondas. Em meio ao troar do mar, pensei ter ouvido um estalo, talvez o clique de uma máquina fotográfica.

— Pronto. Pode abrir. Pode se mexer agora.

Abri os olhos e encarei o homem que estava de pé, à minha frente.

— Eu precisava registrar esse instante — disse ele, sorrindo.

— Uma foto? — perguntei, confusa. Porque não havia câmera na mão dele.

— Não. Com os olhos.

Foi assim. O primeiro contato. Augusto não disse mais nada. Alguém, de algum ponto do barco, talvez o tenha chamado nessa hora. Ele olhou para trás. Depois tornou a me olhar, sorriu. E se afastou. Eu continuei na proa, voltei a fechar os olhos, o corpo subindo e descendo enquanto a lancha vencia as ondas, subindo e descendo, subindo e descendo, sorrindo por dentro. Quase como se fizesse amor com o mar.

Ao longo do dia, no passeio pela ilha Sainte-Marguerite, não pensei mais nele. Caminhei pelos bosques de pinheiros e eucaliptos, almocei muito bem, em um restaurantezinho à beira-mar, com vista para Cap d'Antibes, lá do outro lado. E, à tarde, já olhando o relógio para não perder a hora do último barco, decidi ir ao Museu do Mar, onde dizem que seria a prisão do Homem da Máscara de Ferro. *O que foi isso?*

Um baque.

O que terá sido? Eu ouvi muito bem. Uma pancada...

Talvez devesse abrir os olhos. Augusto sempre disse que meus olhos são expressivos, deixam transparecer tudo o que sinto. Mas não, prefiro não. Quero continuar de olhos fechados, voltar para a ilha, para os sons marinhos, para Augusto. Foi no museu que ele me beijou. Aconteceu sem preâmbulo, assim como o encontro no barco. Eu estava apreciando aquele lugar estranho, um lugar escuro, úmido, parecendo uma caverna. Encostada a uma das paredes, sentia a rocha fria. Absorta, pensando na beleza das lendas medievais, no quanto há de verdade nelas e como, afinal, isso pouco importa. Ele parou a meu lado. Virei o rosto e sorri, mais nada. Foi o bastante.

Ele apenas se chegou a mim. Não me abraçou, não me envolveu, nada. Só aproximou o rosto, em silêncio, e me beijou. Um beijo inteiro, completo, de intimidade absoluta. Molhado como a sensação daquela parede, e eu ali, de olhos fechados, imprensada entre duas umidades. Ou três. Meu mundo com Augusto sempre foi de muita água. De muito mar.

Mas a pancada ainda reverbera dentro de mim. Foi com força. Eu não sonhei. Estou bem acordada, não tenho a menor dúvida. Sinto raiva quando isso acontece. Essas intromissões, esses ruídos externos que vêm dispersar meus sonhos, as recordações. Augusto não disse nada. Foi só o beijo, o sorriso. E me deu seu cartão. Baixei os olhos e me fixei naquele pequeno retângulo de papel de linho. Quando ergui o rosto, no segundo seguinte, ele havia desaparecido. Fiquei olhando para as paredes de rocha. A masmorra do Homem da Máscara de Ferro. Talvez seja mesmo lenda, pensei. Mas o beijo, não. Aquele beijo invasivo, senhor de si. O que mais me intrigava era pensar que ele tivera coragem de se aproximar e me beijar — sem me abraçar. Sem tentar me reter em seus braços. Isso significava a certeza da minha capitulação. Era uma ousadia, um desaforo. Mas ele estava certo. Eu fui cúmplice, desde o princípio. E ele sabia que seria assim.

Tornei a observar o cartão. Era um cartão comercial, com um endereço no Rio, na avenida Beira-Mar. Imaginei aquele homem sentado a sua mesa de tampo de vidro, cercado de livros e esculturas, à frente de uma vidraça que tomasse toda a parede externa da sala, trazendo a paisagem como uma pintura: as copas das árvores, os gramados, as linhas modernistas do museu e do monumento, a curva da marina, a enseada pontilhada de barcos. E, compondo com perfeição o cartão-postal, o Pão de Açúcar. Era assim, então, que ele trabalhava. Sem dúvida, era assim. O sorriso, a aproximação, o beijo, tudo nele me falava de alguém poderoso e feliz, alguém que sabia dar e receber prazer — em tudo o que fazia na vida.

Guardei o cartão, mas tinha certeza de que não faria nada com ele. Não iria precisar. Aquele homem imperial saberia como agir — e me descobriria. Não me enganei.

Outra vez, o baque. Agora mais claro. Mais forte. Não sei o que pode ser isso. Como uma porta que batesse. Mas em barcos as portas não batem. São de correr. Ou batem? Não, não vou abrir os olhos, não posso deixar que o sonho se esvaia. Só preciso concentrar a atenção, para que a memória inunde a mente por inteiro, evitando que a névoa se esgarce e escape por entre os dedos. Seguro seus fiapos com firmeza, até que eles se transformem em cordas. Agora, sim. Posso sentir a aspereza nas palmas. A superfície da corda encerada quase fere a pele, mas eu não me importo. Seguro com toda a força. Augusto grita, lá do outro lado do barco. Não consigo ouvir o que diz, mas noto que ele está sorrindo. Então, está tudo bem.

Estamos sozinhos, só nós dois. Não é mais o barco vermelho e preto, das Ilhas Lérins. Não, agora é um barco dele, estamos sozinhos, já disse. O mar é de um azul profundo, o céu também. Não estamos mais na Riviera, mas em Búzios. Ou Angra, não sei. Não importa. Ele está vindo. Segura-se nas cordas, o mar embala o barco. Engraçado, porque aqui onde estou não há movimento algum. Como se fossem dois mares diversos, o meu e o de Augusto. O que há?

Ela abriu os olhos.

Será que ela ouve o que a gente diz?

Não sei.

Coitada.

Os olhos estão pregados lá em cima, no teto. Sempre que ela abre os olhos, é assim. Ficam parados. Depois, ela torna a fechar.

Será que...

As sobrancelhas são bem-feitas.

Deve ter sido uma mulher bonita.

O sol me ofusca, não vejo nada. Tudo branco. Mas posso *sentir*. Augusto chegou. Quase posso ver seu cabelo grisalho, cortado curtinho, o nariz romano, a pele bronzeada, os músculos dos braços. Os olhos tão escuros. Pronto. Está deitado aqui, a meu lado, nossos corpos se tocando, uma sensação de calor. Posso ficar quieta, deixar que ele se mova, me acaricie. Torno a fechar os olhos. Melhor assim.

Augusto é um homem livre, à sua maneira. Sempre foi. É uma daquelas pessoas que são capazes de fazer qualquer coisa com naturalidade, com convicção, quase com desfaçatez. E, por isso mesmo, tudo lhe é permitido. Não há, em torno de pessoas assim, nenhuma nódoa de culpa, de incerteza ou mágoa. Tudo flui. De alguma forma, se encaixa. O mundo se acomoda em torno. Augusto singra a vida, o rosto contra o vento, mas não há tormenta, nunca. Ele não deixa.

Têm sido tantos os momentos, e tão intensos. Ele está sempre aqui, dentro de mim. Eu sinto. Augusto, o olhar perdido em um horizonte qualquer, sempre um lugar de luz. Como o reflexo do Douro nas velhas embarcações, com seus barris de carvalho, o mesmo sol que bate branco sobre os muros do Alentejo, todos os sóis que conhecemos juntos. Não mais o barco, os barcos, mas lugares estáticos, com cheiro de lavanda, sob caramanchões. Lugares de lona áspera, em espreguiçadeiras de amor, tudo muito lento, suave, como lençóis ao vento. E luzes noturnas, também, os olhos apertados de frio, lágrimas de alegria, o halo sobre os postes, os pássaros adormecidos, o cheiro de lodo emanando do rio. Tantos prazeres, tanta entrega, medo nenhum, nem conflito, apesar de tudo.

A diretora me contou a história.
Que história?
Do homem que internou ela aqui.

Sons, também, muitos sons. Sons doces, agudos, o silvo dos trens sobre as pontes, o pranto dos violinos na praça San Marco, as gaivotas sobrevoando as águas, sempre muita água, um amor líquido, o beijo perfeito, que me tomou inteira, a umidade nas costas, a posse sem abraço, minha rendição. Augusto... Onde você está? Sinto um medo, de repente, me apertando a boca do estômago. A sensação de que não posso me mover, de que não devo me mover — porque é perigoso. A certeza de estar encerrada em um caixão de vidro, de paredes muito finas, no fundo do mar. Qualquer movimento e as paredes podem se quebrar. E então...

Aquele velhinho?
A diretora me contou tudo. Ela não era mulher dele.
Não?
Não. Era amante.

Mas não, não, é só um sonho, deve ser um sonho. Estou no barco, preciso estar no barco. Está tudo bem. Talvez eu esteja sozinha, mas isso não importa. Em algum momento Augusto virá. Tenho certeza de que estou no barco. Sinto um formigamento nas pernas, nos braços. Preciso me mover, esticar o corpo, me sentar. Por que não faço isso logo? Há uma lassidão, dentro e fora de mim. Um medo, talvez. Medo de despertar e não... não encontrar... um medo de...

Ele era louco por ela.
Ficava horas aqui, sentado, passando a mão nos cabelos dela. Às vezes, chorava. Um dia ele me disse que ela não se movia mas ouvia tudo. Duvido.

Mergulhar, mergulhar. Mergulhar em alto-mar, como fizemos, tantas vezes. Um medo bom, subindo pelas pernas, pelo sexo. O medo do desconhecido, de qualquer coisa que pudesse surgir, de algum ponto, daquele mar escuro, que abriga tantas formas de vida. Mas eu abraçava Augusto e o temor desaparecia, ou ficava apenas aquele frio gostoso dentro de mim, subindo, subindo. Como fazer amor no mar. Como naquele sonho que tive um dia, da onda imensa que nos fazia subir e descer, no início sem medo, mas depois... depois... aquela sensação de alguma coisa à espreita, no fundo, alguma coisa que ia me puxar para baixo, me levar para nunca mais voltar. *Medo.* Medo de abrir os olhos e tornar a ver apenas a superfície branca, sem fim. Como se... como se eu estivesse morta.

"Deve ser horrível viver assim, prisioneira do próprio corpo", foi o que ele disse. Nunca mais esqueci essa frase. Foi ele que disse, enquanto acariciava os cabelos dela.

Coitado. E ele vinha toda semana. Não faltava. Mas já tem algum tempo que não aparece...

Vai ser um problema. Não tem mais quem pague a mensalidade. A família não quer nem saber.

Como assim?

Você não soube?

O quê?

O velhinho. O seu Augusto.

Que que tem?

Ele morreu semana passada.

Pequenos contos do amor assombrado (II)

Passando batom

A mão alva, de dedos longos e unhas bem cuidadas, mergulha na bolsa de couro cru. Tateia seu interior, provocando ruídos roucos, abafados, e depois um tilintar de chaves. Tateia por mais algum tempo. Agora, sim. Encontrou. A mão retorna à superfície, os dedos finos trazendo das entranhas da bolsa o objeto procurado. É um objeto cilíndrico, forrado de tecido brilhante, adamascado. Pouco maior do que seu dedo. Agora, ela segura-o com as duas mãos. E, fazendo uma leve pressão, ergue a tampa. É um estojo, um estojo diminuto, que guarda outro objeto cilíndrico, de metal prateado: um batom. No interior da tampa do estojo há um espelho mínimo, retangular, capaz de enquadrar em sua superfície apenas a imagem de uma boca, mais nada.

Sua boca. Lábios carnudos e sensuais que se entreabrem, deixando à mostra o branco perfeito dos dentes. Abre-os um pouco mais, mas torna a fechá-los, pois que abertos eles já não podem ser captados por inteiro pelo ínfimo espelho. Sorri. Seus dentes aparecem, quase agressivos em sua beleza. E uma vez mais cerra os lábios, pousando-os com naturalidade um sobre o outro.

Com a mão direita, tira do estojo o batom prateado. Destampa-o, torcendo-lhe a base e fazendo surgir, em um movimento ascendente, a matéria vermelha. O olhar volta a fixar-se no espelho. Os lábios, esticando-se sobre os dentes, se preparam para receber a tintura cor de sangue. Ela pinta primeiro o lado esquerdo, depois o direito, e em seguida une os lábios para então soltá-los, como um beijo.

Um beijo.

É nesse instante, nesse exato instante, que a verdade a trespassa.

Por alguns segundos nada faz, imóvel ante a revelação que se lhe apresentou, transparente. Tardia. Continua fitando aquela boca pintada de vermelho, uma boca perplexa e muda. Só ela ali impressa, na superfície espelhada.

Logo sorri com amargura, quase com pena de si mesma, pensando como fora tola por jamais ter pensado naquilo antes.

Ele dizia que não gostava de vê-la de batom. E durante anos, todos os anos em que convivera com aquele homem, ela evitara pintar os lábios — para agradá-lo. Anos e anos de madrugadas passadas sozinha, de fins de semana atirada na cama provando o gosto amargo do chocolate que a fazia lembrar que ele estava em casa com a família. Anos feitos de domingos, de feriados, de Natais, de festas de réveillon temperados pelo travo da solidão e do ressentimento. Só agora, de um jato, ela compreendia tudo. Entendia afinal a verdadeira razão que o levara a pressioná-la para que jamais pintasse os lábios.

Assim ele não se arriscaria. Nunca chegaria em casa com a camisa manchada de batom.

Sintomas

Os primeiros sintomas foram externos. Um dia, ao acordar, sob a luz clara que penetrava pela janela aberta (era dia alto, era um domingo), a mulher percebeu que o ouro de seu anel estava avermelhado. Virou a palma da mão para cima, para observar melhor. Depois, intrigada, juntando os dedos da mão esquerda em pinça, retirou da mão direita o anel largo, que venceu a custo as dobrinhas do dedo médio.

O olhar dela se fixou primeiro no dedo, na marca que o anel deixara, pois não o tirava nunca. Sem a joia, sua anatomia parecia vã, um membro assombrado pelo fantasma do anel, aquela marca branca da pele intocada pelo sol. Depois, só depois, a mulher observou a parte interna da joia. Viu, com surpresa, que ali o ouro ganhara uma tonalidade ainda mais sanguínea. À luz da manhã, o côncavo avermelhado brilhava, apresentando manchas mais escuras, semelhantes às máculas que o suor de algumas pessoas deixa nos metais. Mas isso nunca havia acontecido com ela.

Levantou-se, inquieta. Tinha tido sonhos estranhos na madrugada e, pelos caminhos formados no lençol, podia ver que sua noite fora agitada — nela percorrera estradas misteriosas, das quais já não se lembrava. Foi até a penteadeira antiga, junto à janela, e sentou-se, olhando-se nos olhos. As íris refulgiam ao redor das pupilas negras, dilatadas, pulsando como se pertencessem a um animal selvagem. Passou de leve a ponta dos dedos pelos lábios. Estavam ressecados. Por dentro, a garganta parecia feita de fogo. Mal podia deglutir. Os dedos desceram para o pescoço, deslizando na pele quente, febril. Aproximando-se do espelho, observou o cordão finíssimo de ouro que não tirava nunca. Seus aros mínimos também eram agora vermelhos.

O que estaria acontecendo? Que inusitada alquimia estaria transformando ouro em sangue?

Ela não sabia, por enquanto. Mas, por dentro, os sinais da transformação eram ainda mais espetaculares. Poucas horas antes, a visão de um rosto se estampara em seu córtex visual, mandando imediatamente alucinados sinais para a amígdala e para os córtices pré-frontais. No mesmo instante, o estímulo fora avaliado e respostas fulminantes haviam sido enviadas para todo o corpo e de volta para a amígdala, que por sua vez mandara sinais para o hipotálamo e o tronco cerebral. E estes informaram os córtices somatossensoriais sobre os sinais recebidos, desencadeando uma tormenta que logo seria decodificada por todos os circuitos neurais de seu corpo.

Ela não sabia, ainda, mas estava condenada. O sangue começara a ferver em suas veias, ameaçando aflorar à superfície, banhando a pele de um suor desconhecido, causando palpitações, febre, confusão mental, loucura.

Ela não sabia, ainda. Mas estava apaixonada.

ESTRELA-DO-MAR

Olharam-se. Foi um olhar material, como se os raios invisíveis emitidos por um e outro se misturassem no ar, fundindo-se, ganhando corpo, tornando-se palpáveis. E ao olhar mútuo seguiu-se o sorriso, também de parte a parte. Começou assim. Estavam ambos em um país desconhecido, um universo distante de suas vidas, por motivos diferentes, que não tinham importância alguma. O olhar foi mútuo, mas foi ela quem se aproximou. Era talvez mais atirada do que ele. E o olhar e o sorriso se transformaram em palavras. Estavam à porta de um ônibus de excursão, cercados de uma algaravia de diversas línguas, e aquela massa de sons estranhos se fechou em torno deles como se os abraçasse, indulgência plena que lhes era anunciada. Sabiam que aquele era um território neutro, onde tudo poderia acontecer.

Na praça, o cheiro de iguarias exóticas impregnava o ar. Mulheres de turbante colorido conversavam em um dialeto desconhecido. Eles acharam graça naquilo. Só eles, ninguém mais.

Sorriram. Ao redor, as paredes das construções tinham o tom ocre do deserto, e as janelas em arco deixavam entrever pedaços de vidas, histórias, na penumbra das casas.

A praça fervilhava de gente e, em meio aos temperos e hortaliças, vendiam-se também bugigangas, antiguidades, pratarias, panelas. Aquele universo caótico os convidava. Misturados à multidão, deixaram-se arrastar pela torrente de sons, cores, formas, distanciando-se do grupo.

Tocaram-se. Suas mãos amoldaram-se uma à outra, dedos, pele, palmas pareciam fundir-se como, pouco antes, tinham feito seus olhares. Aquelas mãos guardavam uma história própria, uma história sábia, antiga, independente deles. Não se largaram mais. Entrelaçadas, as mãos os levaram a passear pela feira, pela praça, pelas ruelas em torno. Entrelaçadas, conduziram ambos de volta ao ônibus, de onde saltariam depois. Naturalmente juntas, levaram os dois através da porta do hotel e escadas acima — para o quarto. Amaram-se.

Amaram-se sabendo — tinham perfeita consciência disso, o tempo todo — que seu amor estava circunscrito àquela hora e àquele lugar, que uma vez cessado o momento seria impossível tentar revivê-lo.

Sabiam. Tentar seria um erro. Fora dali, aquele amor seria uma estrela-do-mar, que brilha como prata contra a areia do fundo mas que, retirada da água, perde o viço, a cor, o brilho — morre em nossas mãos.

Jardinagem

A mulher observou a própria mão, muito branca, envolvendo o talo da flor, um segundo antes de cortá-lo. As rosas junto à cerca eram graúdas, com espinhos parecendo chifres de rinoceronte em miniatura, e ela sabia que corria o risco de se ferir. Mas preferia assim. Ao contrário das vizinhas, não usava luvas de jardinagem. Gostava de mexer nas plantas com as mãos nuas, de sujar as unhas na terra, sentir nos dedos o cheiro da grama recém-aparada.

Com um golpe seco da tesoura, cortou o talo da flor. No instante seguinte, a mão ainda parada no ar, ergueu a vista e olhou por cima da cerca baixa, feita de ripas de madeira pintadas de branco. Do outro lado, de pé sobre um gramado irrepreensível, a vizinha estava olhando para ela. A mulher sentiu-se exposta, vigiada. Tornou a observar as próprias mãos, nuas, quase como se acabasse de ser flagrada fazendo algo errado. Vivera muitos anos no Brasil. Era isso. De volta ao subúrbio da cidade americana onde nascera, achava-se uma estranha. Não pertencia mais àquele lugar, embora tivesse passado ali os primeiros quinze anos de sua vida. Mas precisara regressar. Não tivera alternativa. Sabia que só assim conseguiria sobreviver.

— Ouch!

Apesar da dor, sorriu ao perceber que a interjeição saíra com sotaque americano. Com a mão esquerda, espremeu o dedo indicador da mão direita de onde brotava a gota de sangue. No talo da rosa, o pequeno chifre parecia olhar para ela, como a vizinha fizera pouco antes. Deu de ombros. Pensou em levar o dedo à boca e chupar o sangue, mas não teve coragem. Seria demais. Na ponta dos dedos, a matéria escura da terra ainda era visível, entranhada nas ranhuras, nos mínimos sulcos em torno das unhas.

Nesse instante, ouviu o barulho da caixa de correio. Virou-se e viu o carteiro, que acenou para ela antes de seguir caminho. Com a rosa na mão, no dedo ferido ainda um filete de sangue, a mulher foi até a caixa apanhar a correspondência.

Seu coração mudou de ritmo enquanto caminhava, sem que soubesse por quê. Mas foi quase sem surpresa que encontrou, entre folhetos de propaganda e uma correspondência do banco, um envelope debruado de listras verdes e amarelas.

Carta do Brasil.

Reconheceu de imediato a letra da amiga. Com dedos trêmulos, rasgou depressa o envelope, cuja superfície branca ficou marcada por suas impressões digitais. Tirou a carta e leu. O coração, agora descompassado, latejava na garganta. Os olhos turvos correram linhas, palavras, letras, embaralhando tudo e extraindo delas o significado da notícia que mais temia, embora já esperasse: ele tinha morrido. E, quase esmagando a carta entre as mãos mas sem um soluço sequer, a mulher levou à boca o dedo sujo de terra e sangue.

Mãos soberanas

Começou de manhã. Ou talvez tivesse começado antes, com o sonho — mas ela preferia acreditar que não, os sonhos não importam, os sonhos nunca importam. Foi de manhã, ela estava lendo o jornal, era uma quarta-feira. O dia amanhecera nublado e tudo parecia petrificado em seu lugar, o mundo envolto por uma camada de tédio paralisante, da cor das cinzas, a única diferença tendo sido — o sonho.

Acabara de sentar-se para tomar café depois de arrumar a mesa da mesma forma — exatamente da mesma forma — como fazia sempre. Embora morasse sozinha havia muitos anos, tinha o hábito de pôr a mesa para as refeições com todo o método, dispondo sobre a toalha quadriculada os componentes de seu café da manhã: a bandeja com frutas e o pote de cereal à direita; à esquerda, a caixa de biscoitos, o queijo e o mel; bem no centro, o açucareiro e a garrafa térmica com o café. Tudo sempre no mesmo lugar e na mesma ordem.

E então, quando estava assim sentada em seu mundo ordenado, cercada por uma manhã cinzenta e banal — começou.

Não foi nada, a princípio, apenas um texto, uma bobagem, coisa curiosa daquelas que encontramos nas páginas de ciência dos jornais. Ela achou graça, até. Falava de uma síndrome de nome estranho, que acabara de ser assunto de debate durante um congresso de medicina na Inglaterra: Síndrome do Dr. Strangelove. O nome era uma referência ao personagem de Peter Sellers no filme *Dr. Fantástico*, aquele cientista cujo nazismo disfarçado teimava em aparecer em um movimento involuntário da mão, que se erguia fazendo a saudação a Hitler. Segundo os médicos, os portadores da doença apresentavam sintomas parecidos, suas mãos realizando movimentos súbitos, involuntários. Os cientistas achavam que isso se devia a uma espécie de curto-circuito em um dos lobos frontais do cérebro, mas admitiam que tais explicações físicas eram pouco consistentes, ainda mais porque quase todos os pacientes tinham um histórico de distúrbios psiquiátricos.

Ao ler aquilo, a mulher baixou a página sobre a mesa (o espaço à direita, entre a bandeja com frutas e o pote de cereal, que sempre reservava para apoiar o jornal) e observou as próprias mãos, espalmadas. Enquanto tinha os olhos fixos nas mãos imóveis, por um momento sentiu-as como estranhas, duas folhas abertas, duas plantas aquáticas secando ao sol.

Foi assim que começou. Ficou inquieta, mexeu-se na cadeira. Fechou o jornal e terminou de tomar café olhando para a manhã cinzenta recortada na janela, aquele mundo de pedra que a reconfortava. Pouco depois, ergueu-se e foi tomar banho. Hora de trabalhar.

No banho, nada aconteceu, mas não pôde deixar de registrar um arrepio ao contato da esponja que suas mãos conduziam, como se a espuma ameaçasse amenizar-lhe a pele, sobrepujá-la. A sensação não chegou a se cristalizar, a ganhar superfície. Ficou só lá no fundo, como a recordação imprecisa de um sonho. Vestiu-se depressa. Saiu.

Durante o dia, sentada à sua mesa de trabalho, lutou com um relatório que vinha tentando finalizar. Precisava enviá-lo à matriz da empresa o quanto antes, já devia tê-lo feito, mas por alguma razão não conseguia. Estava relendo-o mais uma vez, depois de tirar uma cópia na impressora, quando sua mão direita pegou a primeira das três folhas e amassou, jogando-a fora. Aconteceu muito rápido. Ela nada pôde fazer. Seus olhos saltaram da folha amassada no fundo da lixeira para a própria mão, suspensa no ar, semiaberta. Sentia ainda na palma a comichão do contato com o papel sendo enrugado. E teve a nítida sensação de que a mão agira *por conta própria*.

À noite, ao chegar em casa, outro sobressalto. Encontrou, em cima da mesinha de centro, a poucos metros da mesa onde tomara seu café da manhã, o jornal dobrado, aberto na página de ciência que trazia o artigo sobre a Síndrome do Dr. Strangelove. Aproximou-se devagar e sentou-se no sofá. Como podia ser? Metódica como era, nunca seria capaz de sair sem deixar o jornal no porta-revistas. Jamais o largaria ali, fora do lugar, muito menos aberto em uma página interna. Estranho. Talvez suas mãos, pensou — e cortou o pensamento, caminhando depressa em direção à cozinha, a mente ainda teimando em registrar o que ela não queria, não devia. Estranho, *Strangelove*, amor estranho.

O jantar transcorreu sem sustos. Depois, a mulher sentou-se no sofá para ver o noticiário, mas logo resolveu ir se deitar, pois queria ler um pouco e só gostava de ler na cama. E, recostando-se nos travesseiros, de olhos fechados, permitiu-se — pela primeira vez naquele dia, naquela quarta-feira de cinzas, de pedra — pensar no sonho que tivera. Já mais calma e confiante, deixou fluir a lembrança.

Mãos. Mãos muito brancas, quase femininas, de unhas abauladas e ínfimos tufos de pelo no dorso dos dedos. Mãos de muitos anéis, ricos anéis de prata e ébano, mãos repousando sobre uma superfície de pedra negra, muito polida. Mãos que pareciam respirar de tão vivas. A mulher sabia a quem pertenciam, eram de um príncipe. Podia adivinhar-lhe o porte, o peito largo, os longos cabelos sob a malha de metal, na coroa a cruz que era a razão de sua luta. Mas estava condenada a ver dele apenas as mãos. E estas — de repente — se moviam. A mulher já nada via. Agora o sonho era tátil, feito apenas de sensações, do calor daquelas mãos que lhe acariciavam a pele devagar, que buscavam um ponto secreto, intocado. Um ponto que ela julgava morto, frio, mas que agora se incendiava à sua revelia. Parece tão real, pensou a mulher. Tão real. Estranho. *Estranho amor.*

E abriu os olhos.

Abriu-os apenas para ver que eram suas as mãos que ali estavam, tão reais quanto a lembrança do sonho, mãos soberanas, rainhas, que a acariciavam e enlouqueciam, em desafio. E foi assim que entendeu — com horror, com humilhação, com desvario — o quanto precisava, ainda, ser amada.

A orquídea lilás

O homem estava de cabeça baixa, o rosto enterrado entre as mãos, pensando. Sentia o latejar das têmporas, no ponto em que a palma pressionava a pele da fronte. Era uma pele fria, a das mãos também. Estava gelado em torno dele, por toda parte. Mas não havia desconforto nisso, era apenas uma constatação.

Ele pensava na mulher, no momento em que ela adentrara o salão. O vestido era de veludo roxo-escuro, colante, e ia até os pés. A cintura, bem marcada, fazia a silhueta se abrir em direção ao decote, que deixava à mostra o colo muito branco. Sem joia alguma, nem brincos nem pulseiras, a mulher trazia apenas, presa aos cabelos, uma orquídea lilás. Ele lembrou de Billie Holiday, claro, quando a desconhecida parou sob o portal, segurou com as duas mãos a cortina de contas vermelhas, dividida em duas metades, e sorriu para ele. Parecia uma cena de filme.

O homem piscou, mas não sorriu de volta. Sentia-se tonto, estava no quinto ou sexto uísque. No pequeno palco, os bandoneons rugiam, como se sofressem com as pancadas das mãos que marcavam o compasso. A casa de tango que o recepcionista do hotel lhe sugerira mais parecia um puteiro. Luz mortiça, cortinas de veludo nas janelas, e aquelas fieiras de contas vermelhas na entrada principal. Eram poucos os fregueses — só homens —, alguns debruçados sobre seus copos. E agora aquela mulher que chegava assim, como uma deusa de filme noir, e ainda por cima sorrindo para ele.

Deu mais um gole no uísque e fez um sinal com a cabeça, um sinal quase imperceptível, assentindo. A mulher entendeu. E se aproximou.

Ele se ajeitou à mesa, procurando se recompor. Ia abrir a boca para convidá-la a sentar-se, mas ela não esperou.

— *Buenas.*

— Olá. Quer tomar alguma coisa?

— *Por supuesto.*

E sentou-se na cadeira ao lado dele.

Engraçado. Era a única troca de palavras de que se lembrava. O resto do tempo que passara ali, ao lado dela, era um filme mudo. Talvez não houvesse necessidade de palavras, ainda mais quando isso envolvia duas línguas, talvez ela fosse mesmo uma profissional, como parecia. Porque ele só se recordava dos beijos, do cheiro que emanava do decote, um odor que parecia cera de assoalho misturada a perfume de mulher, uma estranheza. Lembrava-se também do momento em que ela se levantara e o conduzira pela mão, em direção à porta, a cortina de contas roçando no rosto, o ar frio da noite, um torpor. Lembrava-se das sombras na calçada, sob a luz dos lampiões antigos, andando com eles em seu caminhar sem som. Lembrava-se do sorriso dela, ao parar diante de um beco escuro e se encostar no muro. Do momento em que ela erguera a perna, plantando o sapato de salto na parede e fazendo a coxa brotar da fenda do vestido. Foi nesse instante que ela tirou a orquídea dos cabelos, para enfiar na lapela do paletó dele. Ele baixou o rosto e já ia sorrir, quando sentiu aquela dor fina, como se o cabo da flor, envolto em alumínio, lhe tivesse penetrado a carne.

Não havia sinais de violência, nada. Provavelmente um ataque cardíaco, pensou o legista, enquanto fazia a autópsia. E logo os exames comprovaram: tinha sido isso mesmo. Uma pena. Era um homem jovem. Se tivesse acontecido de dia, em lugar movimentado, onde ele pudesse ter socorro imediato, talvez tivesse sobrevivido. Mas assim, no meio da noite, em uma rua deserta, ninguém para acudir. E mais: tendo por perto gente da pior espécie. Claro, porque na certa lhe tinham levado a carteira, com ele caído, morrendo ou já morto. O homem fora encontrado sem documentos. O legista ficou imaginando. Talvez estivesse com alguma mulher. Porque, quando o viram caído na calçada, o homem tinha uma orquídea sobre o peito. Uma orquídea lilás. Uma puta sentimental seria capaz disso. De roubar a carteira de um morto e, ao mesmo tempo, lhe fazer uma homenagem, botando uma flor sobre seu coração.

E o legista deu de ombros, cobrindo o corpo, antes de sair da sala fria. Nem olhou para a cadeira, a um canto. A cadeira vazia onde talvez houvesse um espectro — a sombra de um homem sentado, com a cabeça entre as mãos.

A noite dos olhos

Amanhecia quando ele chegou, e eu estava aqui, exatamente aqui, nesta cadeira de balanço onde me recosto agora, a cadeira de onde contarei — pela última vez — a história.

Primeiro, ouvi um ruído na porta. Apenas um roçar, um murmúrio, mas que me pôs em alerta, sem que eu soubesse por quê. Com as costas eretas, fiquei à espera.

Antes de me levantar, queria a confirmação de que ouvira de fato um som. Passara uma noite inquieta. Adormecera na sala, cansada demais para subir os degraus, um a um, rumo ao quarto onde Carlos me aguardava, em nossa cama fria. E tivera sonhos agitados, nos quais me vira voando e dançando e sangrando nas mãos. Sentia-me exaurida, como se houvesse caminhado no sono.

Apurei os ouvidos.

Nada.

Olhei em torno. Meus olhos, virgens ainda, inocentes do que viria, percorreram estas mesmas paredes que hoje me cercam, conspurcadas. Vi seus ângulos e junções, os cantos onde a penumbra se adensa, mesmo se a madrugada vai alta. Observei o arco que divide as duas salas. Revi mentalmente a porta do corredor, a escada em curva, com seu corrimão de madeira torneada e escura. E esperei.

Logo, o ruído se repetiu, dessa vez mais forte. E decidi levantar-me. Ainda olhei pela janela o dia que nascia, rasgando em tiras vermelhas o último céu, da última madrugada. Senti que minhas mãos estavam frias. Fechei o roupão sobre o corpo, mas por um motivo qualquer não calcei as pantufas. Foi descalça que trilhei o chão de tábuas corridas, cuja frialdade me subiu pelas plantas dos pés em pequenos choques, ínfimos raios. Quando caminhava, fui tomada por um sobressalto, talvez porque voltassem os baques na porta, talvez porque eles ressoassem em meu peito. Ou quem sabe era apenas meu coração, que batia descontrolado. Mas pode ser também que eu já pressentisse que ele estava lá, do outro lado da porta.

Pela fresta entreaberta, a princípio enxerguei apenas as silhuetas das árvores, brotando das sombras com seu brilho pálido. Quando a madrugada espalha na vegetação suas luzes, a natureza se reveste de um manto delicado e translúcido, que nos faz ver fantasmas. Assim nascia aquela manhã. E foi em meio à penumbra assombrada que eu vi, pela primeira vez, o brilho dos olhos.

Eles faiscaram a poucos metros de mim e já — naquele instante — minha reação foi uma ruptura: não me assustei. Ao contrário. O sobressalto que sentia desapareceu por encanto. Ao ver-lhe os olhos, permaneci imóvel, junto à porta, aguardando, composta.

Hoje, olhando para trás, penso se aquele momento de calmaria já não seria o prenúncio de tudo o que estava por acontecer, pois me senti pacificada demais, como os condenados sem esperança. No rosto dos que estão morrendo surge uma força incomum, em seu semblante resplandece uma grandeza ímpar. Se eu pudesse ver meu rosto então, acho que o veria assim. Senti minha expressão refazer-se, meu corpo estancar o medo, meu coração recomeçar a bater com mansidão. O universo inteiro pareceu mudar de ritmo quando eu olhei, pela primeira vez, aqueles olhos.

Olhos que brilharam no escuro, com uma fosforescência de matizes ora verdes ora amarelos. Não piscaram. Estavam fixos em mim.

Há quanto tempo foi isso? Quantas horas, quantos dias? Não sei. O tempo é organizado, partido em pedaços exatos, ordenado pelo homem em sua busca vã por tentar vencer o desconhecido. E eu nada sei de exatidão ou sistemas. Conheço apenas o caos. Meu coração se transformou no epicentro de uma tormenta desde que ele entrou aqui. Dentro e fora de mim, todo o universo foi afetado. Os planetas singram sem sentido algum no espaço, o sangue envereda por veias e artérias na busca cega de caminhos. A única coisa que há, que sempre houve, a única constância — é o silêncio. Nele há sentido, verdade, ordem.

O silêncio foi a marca, sempre. Nenhuma palavra, nenhum som, nada. Os primeiros segundos, dramáticos, definitivos, foram de quietude absoluta. E eu logo percebi que havia naquela mudez um propósito. Era como se já esperasse por ela. Sabia que nosso contato se daria, todo o tempo, sem o amparo de sons. Aceitei seu silêncio porque era parte do jogo. E, com um gesto de corpo, fiz sinal para que entrasse. Eu o introduzi. Havia, em algum ponto de mim, um alerta, me avisando da imensidão daquele gesto. Mas nada me deteve. Virei-me e caminhei de volta até o centro da sala, sem medo de dar as costas ao desconhecido.

E ele entrou. Carlos dormia no quarto, lá em cima. Carlos

nada ouviu, nada ouve. Carlos dorme, ainda, seu sono profundo. E o desconhecido entrou. Seus passos não fizeram ruído ao tocar o chão, mas neles nada havia de furtivo. Havia, sim, altivez, domínio. A quietude daquele andar era, como o silêncio de palavras, premeditada e necessária. E no mesmo instante eu percebi que estava pronta para fazer tudo o que ele ordenasse.

Como pude? E por quê? Por que deixei que acontecesse? Não sei. Sei apenas dos olhos, que ardiam. E de como me prenderam, por um longo tempo. Sei que me curvei, me espojei no chão, rendida, à espera de sua aproximação. E sei de um bloco imenso que cresceu em meu peito, enquanto aguardava, sem tirar os olhos dele. Um bloco feito de fogo e desejo, mas também da mais completa entrega, de devoção e amor, um amor incondicional, que tomou forma dentro de mim, instantaneamente. Sei de como, trêmula, vi que ele se chegava, as narinas dilatadas, me farejando, os olhos cada vez maiores, as pupilas tomando quase toda a íris, enchendo de negror a superfície esbraseada.

Sob o roupão, eu sentia cada fibra de meu corpo nu, cada milímetro de pele que queimava, o ventre arqueado, os mamilos despontando. Chamava-o. Clamava por ele — e ele sabia.

Lá fora, clareava. Os pássaros cantavam, anunciando o dia, e embora a noite ainda deixasse seus restos pelos cantos da sala, eu já podia ver tudo, cada detalhe daquele corpo, a ponta dos dentes muito brancos faiscando, os fios lisos e negros que brilhavam, fazendo pressentir a maciez do veludo. Só quando ele estava muito próximo é que fechei os olhos.

Passei eu própria a farejá-lo, então. Imaginava-lhe as formas, os gestos, e tremia de desejo ao pensar no segundo em que se daria o primeiríssimo contato entre nossos corpos. Já me via deslizando nele minhas mãos, em um toque sutil, recebendo-lhe a presença em cada sensor das minhas palmas, para que dali se irradiasse em ondas de choque, sacudindo-me a carne e os ossos. Eram as minhas narinas que agora se abriam, buscando. Mas, que estranho. Embora seu mínimo rumor me dissesse que ele estava muito próximo, meu sentido do olfato era o único que nada me contava. Demorei, até que compreendi. Eu, que esperava um odor selvagem, constatei, com espanto, que ele não tinha cheiro.

Mas sabia-o próximo, muito próximo. E estendi a mão para tocá-lo.

O veludo pressentido se materializou sob a mão e minha pele vibrou, incendiada. O bloco em meu peito cresceu, tomou-me inteira, expandiu-se como fogo sólido. E aquele amor sobrenatural, inexplicado, se fez tão material que era como se eu desaparecesse. Eu não era mais eu. Eu era aquele amor.

E quando ele se deitou sobre mim, quando pisou em meu coração, tive a consciência exata de que estava perdida — de que me transformara em sua escrava.

Terá sido ele, então? Terá partido dele a ordem para que eu subisse a escada? Como terá vindo parar em meu poder a faca, cuja lâmina me encheu de sangue as mãos, como no sonho?

Não sei.

Não sei como o amor se transmutou em ódio e como aquela presença me fez entender, de forma incontornável, que — depois dele — ninguém jamais voltaria a tocar-me. Nem Carlos. Muito menos Carlos. Só sei que a madrugada de veludo, de olhos em brasa e coração transbordado, se tingiu de sangue, de repente. E meu olhar, que pouco antes se hipnotizara, agora enxergava apenas um ser adormecido, sobre a nossa cama fria. E todo o meu corpo, que antes fremia de amor, tornara-se apenas o prolongamento de um braço, a extensão da mão onde vibrava a lâmina. E sei que no quarto onde a noite se escondera, onde a penumbra restara, no quarto amaldiçoado por tantos anos de horror e silêncio, era eu, agora, quem reinava, gritando de júbilo a cada golpe.

* * *

A luz avermelhada do crepúsculo desce pela parede, lentamente. As sombras caminham, vencendo pouco a pouco a claridade que ainda resta. Mais uma noite cai.

No papel de parede, com seus florões desbotados, há riscos cor de ferrugem, que escorrem em direção ao chão. E, nas tábuas do assoalho, manchas da mesma cor, de diversos formatos, cristalizadas sobre a madeira, já quase se confundem com a cera escura. Talvez sejam antigas. É difícil saber. Para nós, seres imateriais que aqui estamos, até seria possível fechar os olhos para essas nódoas e fingir que está tudo em ordem. É tão grande, afinal, o silêncio na casa adormecida. Mas um odor estranho paira no ar, insistente, e isso nos inquieta. É acre, rascante, levemente marinho. Talvez seja cheiro de sangue. Melhor não descobrir, melhor sair daqui.

Nossos olhos se voltam para a escada, que vai dar na sala. Precisamos descer. A penumbra parece fechar-se a cada degrau e talvez já não haja, lá embaixo, nem a luminosidade do crepúsculo. Mas devemos continuar. Não podemos desistir agora.

Vamos. Os degraus não rangem, nada temos a temer. Somos espectros, apenas. E aqui estamos para ver sem ser vistos, seja o que for que nos aguarde.

O corrimão tem manchas, também — e isso só faz aumentar nossa inquietação. Apesar da pouca luz, parecem mais úmidas, pegajosas. Nem ousamos nos aproximar para descobrir o que seriam, tampouco nos detemos a observar o chão. Nosso olhar agora se prende ao fim do corredor, à saleta com seu portal em arco, que, sabemos, vai dar na sala principal. É lá que está o fim da história.

Como pressentíamos, no andar de baixo já é quase noite. Mas nossos olhos espectrais apuram a visão e perscrutam o corredor. Seguimos.

Em um segundo, estamos junto à arcada que vai dar na sala. Há mais claridade, aqui. Por uma janela deixada aberta, a luz crepuscular ainda se insinua, vencendo a vegetação que cerca a casa. É avermelhada, como aquela que há pouco vimos derramar-se na parede do quarto, porém ainda mais tênue, porque, com o passar dos minutos, a noite se fecha. Mas essa luz é suficiente para que possamos discernir, em meio à trama da cadeira de balanço, a mancha branca de um roupão. É uma mulher que está ali. Podemos ver seus cabelos negros, compridos, que se derramam sobre o espaldar enquanto a cadeira se move, para a frente e para trás.

De repente, o movimento cessa.

Sabemos que a mulher não nos verá, mas talvez pressinta nossa presença, pois move a cabeça devagar, espiando por cima do ombro. A luminosidade que vem da janela incide sobre seu rosto — e a expressão que vemos nele nos imobiliza. Um olhar febril, insano, a boca repuxada na imitação de um sorriso, todos os músculos da face contorcidos em um esgar que mistura prazer e dor, êxtase e loucura.

Por um instante, ainda, esperamos. Mas agora estamos certos de que ela não nos vê. Seu olhar vara as paredes, parecendo perdido em algum mundo assombrado, muito longe daqui. Isso nos dá coragem para chegar mais perto. E é quando já estamos muito próximos que se dá a transformação. Os músculos do rosto se rearrumam, em um segundo o olhar entra em foco, o esgar da boca assume novo contorno e aos poucos dele vai brotando um sorriso límpido. Todas as feições se ajustam para fazer nascer essa expressão diversa, cujo significado levamos algum tempo para compreender. É a face do amor. Há entrega, veneração, comprometimento absoluto no olhar da mulher. Ela está apaixonada. E no momento exato em que chegamos a tal conclusão, sua cabeça recomeça a mover-se, voltando à posição original, mostrando-nos o que até então não havíamos percebido: que há alguém com ela nesta sala. Alguém em algum ponto na penumbra, à sua frente, para onde converge agora seu olhar. Isso explica a transformação.

Com extremo cuidado, nos aproximamos ainda mais, acompanhando o olhar devoto, seguindo-o até aquele que é, sem dúvida, o objeto desse amor insano.

E então o vemos.

Destacando-se sobre o roupão branco, que agora sabemos maculado pelas mesmas manchas cor de ferrugem que tingem chão e paredes, ele parece adormecido. Está imóvel, aninhado sobre os joelhos da mulher. Mas quando nossa exclamação assombrada ecoa na sala, em uníssono, ele abre os olhos — e estes faíscam no escuro, reconhecendo nossa presença. Os gatos têm o dom de enxergar espectros.

A escuridão se espalha

Todos gritaram ao mesmo tempo quando as luzes se apagaram, mas foi Sylvia quem gritou mais alto. Afinal, era ela a aniversariante e, ao reunir os amigos no barzinho do Horto, não imaginara que eles teriam a delicadeza de mandar vir um bolo e cantar parabéns. Estava fazendo quarenta anos. E não é todo mundo que, com uma idade dessas, se dispõe a festejar com bolinho e tudo. Mas os amigos eram animados, ela ficou feliz com a ideia.

Sylvia se levantou, os amigos também, e, em meio ao alarido de vivas e palmas, todos olharam na direção da porta da cozinha. O bolo aceso na certa ia sair dali.

Estava muito escuro, a única luminosidade que restara vinha das velas que cintilavam dentro de copos vermelhos de vidro, sobre as mesas. Era um efeito bonito, que combinava com o lugar. Cercado pela mata do Jardim Botânico, em uma rua de pouco movimento, o bar tinha as paredes cobertas de alto a baixo por estampas de santos muito coloridas, almofadas de chita sobre os bancos de madeira que ladeavam as mesas, e baldes de plástico em lugar de luminárias, uma decoração kitsch que era um charme. Sylvia adorava. Por isso tinha escolhido comemorar seu aniversário ali.

E o bolo? Nada de bolo.

Depois de alguns minutos de espera, como não aparecia bolo algum, nem havia na porta da cozinha nenhum movimento que anunciasse sua chegada, um dos amigos de Sylvia decidiu puxar o coro:

— *Parabéns pra você, nesta data querida...*

Todo mundo aderiu, cantando alto, batendo palmas. Sylvia ria, cantando também. Para que bolo? Vai ver as amigas, que viviam de dieta, tinham inventado um parabéns sem bolo, e daí? O importante era se divertir. Cantar bem alto, rir, bater palmas até que as mãos ardessem, comemorar, brindar. *Não pensar. Não agora.*

Terminada a cantoria, todos cercaram Sylvia. Abraços, beijos, desejos de felicidade, tudo de bom, você é muito querida, você é o máximo. Alguém ergueu um copo de caipirinha, um brinde para Sylvia, muitos anos de vida. E tornaram a sentar-se, rindo muito, falando alto, já esquecidos do bolo não bolo.

Ninguém pareceu notar quando a luz não se acendeu. A luminosidade das velas, atravessando os copos de vidro vermelho, se espelhava nos rostos, nos olhos, uma multiplicação de pontos cintilantes. Tinha ficado até mais bonito, quem poderia se importar?

Até que, em meio ao falatório no restaurante, ouviu-se uma voz de homem na mesa ao lado:

— Não é só aqui não. No Humaitá também.

— O quê? — perguntou uma mocinha de voz esganiçada.

— Que está faltando luz. No Humaitá também apagou tudo.

Só então Sylvia entendeu que nenhum de seus amigos tinha tido a ideia de mandar apagar a luz do restaurante para cantar parabéns. *Ninguém pensou.* Fora falta de energia. Por isso estava tão escuro. *Ninguém pensa, ninguém imagina, acham que ele está viajando.*

Outra voz de homem:

— Falei com minha filha. Em Ipanema também está faltando luz.

— Em Copacabana também.

— E na Tijuca.

— Na Tijuca também? Nossa!

As vozes subiam de tom, todos pareciam excitados com a falta de luz pela cidade. Vários bairros, deve ter sido uma coisa grande, o que será que aconteceu? A luz azulada dos celulares começou a iluminar os rostos, rivalizando com a cintilação vermelha das velas. Dali a poucos minutos, um homem se levantou na varanda do restaurante. Disse, quase gritando:

— Em São Paulo também!

Então houve um silêncio de alguns segundos, uma perplexidade, quase uma sensação de medo. Deve ter sido uma coisa muito grave, alguém falou.

— É um apagão.

— Será que é o fim do mundo? — perguntou um rapaz de óculos. Pronunciou a frase com um jeito tíbio, como se pensasse em voz alta. — Durante o blecaute de Nova York, em...

— Psiu! Não fala assim!

O barulho aumentava, a excitação crescia. Todos falavam ao mesmo tempo. Alguém soltou uma risada, uma mulher deu um gritinho, pondo-se de pé com um pulo.

— Para com isso!

O garçom saiu da cozinha trazendo, na bandeja, mais uma rodada de caipirinhas para a mesa de Sylvia. Os copos, meio tortos e de fundo grosso, cintilavam com suas cascas de frutas coloridas, limão, morango, kiwi, carambola. A meia-luz, as vozes ganhavam força, a audição, aguçada, as amplificava. Mas o vozerio animado não durou muito. Parou de forma instantânea quando uma voz de mulher, com um leve sotaque estrangeiro, disse bem alto, para que todos ouvissem:

— No Paraguai também.

Aí, o silêncio pesou.

Foram muitos segundos. Depois, as vozes recomeçaram, mas agora tinham baixado de tom. *Alguma coisa está fora de lugar.* Todos se puseram a sussurrar, como se temessem perturbar a ordem das coisas, interferir no descanso da vizinhança, dos pássaros, das árvores. Tudo parecia de repente ter se recolhido, como naqueles relatos de eclipses do sol, em que os passarinhos se aninham nos galhos achando que a noite chegou antes do tempo. *A escuridão se espalha.* Sylvia baixou a cabeça, tentando divisar as mãos que mantinha pousadas sobre a perna, embaixo da mesa. Sentia um formigamento no corpo, uma pressão na nuca. Mas sorria.

— Parece que foi alguma coisa em Furnas. Um raio, estão dizendo.

— Um raio?!

— Que raio de raio é esse, que apaga o Brasil e o Paraguai?

— Ah, mas é que Furnas…

— Sua mão está fria.

— Vocês querem me ouvir?

— Não faz isso!

— Vocês não me deixam falar…

— Tá com medo?

— É, eu sei. Se demorar a voltar, vai começar…

— Mas é que o blecaute de Nova York foi diferente. Lá…

— Foram muitos assaltos, estupros…

— Estupros?

— Sua mão está fria.
— Pede mais uma rodada.
— Os sinais de trânsito também estão apagados.
— E os postes, meu amigo falou, os postes também estão!
— Mas não tem um sistema especial para luz de rua? Poste, sinal, essas coisas?
— Sair daqui vai ser uma loucura.
— Que chato! Logo no seu aniversário…
— Só se amassar no pilão, não tem mais liquidificador.
— Muita gente morreu.
— Em Nova York?
— Mortes violentas, suicídios.
— Ah, eu estou achando emocionante!
— É. Mas aqui vai ser pior.

Sylvia iluminou o fundo da bolsa com a luz azulada do celular, procurando a carteira. Tirou o dinheiro e deu ao guardador que lhe estendia o molho de chaves. Entrou no carro preto e acenou mais uma vez para o casal de amigos que ainda esperava por seu veículo, junto aos degraus de granito do restaurante. Ao fundo, lá no alto, a massa escura das montanhas era só uma sugestão, ou talvez uma imagem gravada na memória. Sylvia sentou-se ao volante e subiu o vidro. O filme escuro se fechou como em uma cena do cinema mudo, quando se queria marcar a passagem do tempo. E ela se viu no epicentro da bolha de negror. *A escuridão foi atrás de você.*

— Você acha que ela ficou chateada?
— É, agora no final achei ela meio estranha, sim.
— Eu também ficaria se faltasse luz no meu aniversário.

— Mas não é isso, ela podia até ter curtido, é outra coisa, alguma outra coisa.

— Você acha que ela está escon...

— É o nosso.

— Você acha que ela está com algum problema?

— Obrigado.

— Devíamos ter insistido. Acho que é perigoso ela ir sozinha para casa com essa escuridão, sei lá.

— Naquele carro preto, não faz diferença se aqui fora está claro ou escuro. Vamos.

— Podíamos ter ido atrás, ela não mora tão longe assim. Daqui até a Sacopã é...

— Não, não, pode ficar com o troco. Boa noite.

As mãos apertam o volante, juntas, no alto, no centro. Os nós dos dedos formam dois pequenos horizontes, um microcosmo de montanhas. São tão brancas as mãos que parecem um par de luvas alvas na escuridão do entorno, essa escuridão que caminha. Nos cruzamentos caóticos, os faróis varrem a rua em todas as direções, nada é ordenado, nada faz sentido, os olhos da mulher cintilam quando os fachos penetram o vidro escuro, seus dentes também cintilam, às vezes ela sorri.

As mãos enluvadas abrem o frasco, a palma recebe os comprimidos — três — e os deposita sobre a bancada de mármore rajado. Com um pilão dourado, a mão direita se põe a massacrar os comprimidos, enquanto a esquerda faz uma parede para que as partículas não voem para longe. Em poucos segundos, há um morrinho de pó branco.

As mãos agora pegam o copo longo, despejam nele três pedras de gelo, um líquido transparente e gasoso. Depois, pegam a garrafa maior, de casco escuro, tiram a tampa e preenchem o copo com o líquido vermelho, um vermelho lindo, tão vistoso, tão alegre. Um vermelho de festa. *Ele gosta de Campari. Campari é amargo.*

As mãos empurram o câmbio com força, com raiva. O carro arranca outra vez, sempre às cegas, atravessa a avenida de mão dupla como uma chispa, ouve-se uma buzina, um ruído de pneu queimando o asfalto, tentando frear, alguém grita alguma coisa. Ela conseguiu. Mais um cruzamento foi vencido nesta noite alucinada.

As mãos acariciam a corda, tudo foi pensado, planejado durante meses, anos. O cenário está pronto. A corda bem atada nos caibros do teto, sob a telha-vã, como vãos foram os soluços no quarto, tantas noites. O último degrau, onde vai sentá-lo, já grogue, para empurrar a cadeira. Tudo perfeito, ninguém nunca vai saber. Será apenas um empurrão, um empurrão transformado em salto, e a corda se retesará, não vão descobrir. Ele sempre teve problemas. *Ele é bipolar, coitado.*

As mãos apertam o botão do vidro elétrico, que desce suave, em silêncio. O vidro é escuro, vistas através dele as cidades são sempre mal iluminadas, soturnas, tristes, através dele é sempre noite, uma noite profunda, sem fim. Mas hoje não adianta. Baixar o vidro não faz diferença, a película escura escorreu do vidro, inundou o chão, brotou paredes acima, janelas acima, encheu a cidade, tingiu os rostos, contaminou o mundo inteiro. É noite em todo lugar.

As mãos brancas — não, não há luvas agora —, as mãos brancas tremem levemente quando a lâmina da chave penetra a fechadura. A porta se abre com um estalo e a mulher para, diante da escada. Está escuro aqui dentro, mais ainda do que lá fora, lá fora de vez em quando um farol varre o chão, a portaria do outro lado da rua tem uma luz de emergência. Aqui dentro é o cerne da escuridão, como no coração da selva. *O horror, o hor-*

ror. Mas ela vislumbra a silhueta, seus olhos se acostumam rápido. E ela sorri. Lá no alto, lá está ele, como ela deixou. Não sabe se é imaginação, mas tem a impressão de que ainda está balançando, muito devagar, como um pêndulo. *Coitado, ele era bipolar.* É o que vão dizer. Tudo em seu lugar, tudo como deve ser, como sempre deveria ter sido, tudo silêncio e escuridão. Ninguém nunca vai saber. Ela calculou tudo. Tudo, menos a falta de luz. E ela veio ao seu encontro. Foi seu prêmio, a cereja do bolo. Agora, sim, é o crime perfeito.

Na noite do dia 10 de novembro de 2009, exatamente às 22h13, as luzes se apagaram em dezoito estados do Brasil. Só em território brasileiro, noventa milhões de pessoas foram afetadas pelo apagão, que atingiu também noventa por cento do Paraguai. A escuridão durou sete horas. Houve um aumento no número de assaltos, batidas de automóveis, mortes violentas. Nos depressivos, a escuridão induz à melancolia, às vezes de forma perigosa, o que pode levar ao suicídio. É o que dizem.

Madrugada

1H10

Eu não tinha ideia do que seria, não podia imaginar. Só hoje, que estou limpa, posso olhar para trás e ver o talho de negror, aquela ferida aberta reluzindo como óleo derramado na baía. Uma cicatriz, um rasgo de alto a baixo, de fora a fora. Óleo e água não se misturam e o negror que me tomou o fez por inteiro. Não foi gradual, me arrebatou, embora eu não pudesse antever o desfecho, isso nunca. O desfecho, o fim, o quase fim, a escuridão, isso nunca. Olho minhas mãos na penumbra. Estão firmes, já não tremem. A luminosidade da rua penetra pela cortina japonesa, vara os pequenos talos que amarrados formam a trama e se espraia mais pela nesga, pela fenda. Assim deve ser, por enquanto. Não posso acender as luzes. Ainda bem que uma das bandas fica sempre entreaberta, quem olhar da rua não há de estranhar. Por enquanto ninguém pode saber que voltei, ninguém. Nem ela. Sobretudo ela. Antes, preciso ter certeza. Sei que já estou forte, sinto o sangue puro correndo de novo sob a pele, os nervos pacificados, mas ainda não posso correr riscos. O risco no vidro, o diamante, as unhas cravadas na carne, sangrando. Vejo o tampo de vidro da mesa que cintila, mesmo no escuro. Vejo os tacos de madeira, antigos, desenhados, as sombras dos apliques nas paredes, estas paredes que me viram nascer e quase morrer, que guardam na tinta, na cal, na argamassa, os fluidos do terror que aqui dançaram, por tantos meses. Até nos tijolos se terá talvez entranhado o malefício. Eu poderia contar tudo, passo a passo, rever mentalmente o que aconteceu para assim me proteger, me acalmar, recitar os versos satânicos como se fossem um mantra enquanto espero o dia amanhecer, mas não sei se devo, não sei se devo. Meus olhos ardem, não posso deixar que se fechem. Não posso dormir, preciso estar alerta. No filme dos invasores de corpos era assim, eles agiam enquanto as pessoas dormiam. Um minuto, um cochilo, apenas — e eles tomavam conta. Pronto. A pessoa não era mais a pessoa, apenas um corpo sendo comandado pelo exército invasor, alienígena. Vampiros de almas, foi como se chamou aqui. Vampiros de almas. Foi o que aconteceu comigo, hoje sei, agora que estou limpa. Foi uma possessão. Contar talvez seja preciso, então. Contar, a única forma de me manter desperta, de vencer a noite, a madrugada, o único meio de afastar o sono da exaustão sem me mover, sem chamar atenção. Contar, recontar, repisar o escuro, falar para mim mesma, em voz alta, deixar que vibre cada fibra no esgar do pânico, que fluam novamente todos os líquidos, as gotas de suor, álcool e gozo. Minha garganta se contrai num segundo, sinto as paredes internas que se fecham, um nó feito ao mesmo tempo de desejo e medo. Mas não importa. Preciso contar. Aqui, perto da janela, protegida pela cortina japonesa, entrevejo a rua. É noite alta, já não há movimento, mas percebo a lisura do asfalto, os carros adormecidos junto ao meio-fio, dois deles têm fitas de Nosso Senhor do Bonfim penduradas no espelho retrovisor e outro exibe no vidro traseiro um adesivo plástico onde está escrito "Jesus". É com olhos baços que observo esse cenário tão banal, toda a sensação de normalidade que dele emana, a luta por boa sorte, proteção. Os donos desses carros hão de ser pessoas comuns e me pergunto se algum dia fui como eles, e se algum dia voltarei a ser, depois que o tempo tiver apagado a marca, o sinal. Mas não, não houve sinal, foi como gás. Sempre me perguntei como é possível as pessoas morrerem envenenadas por gás, no chuveiro. Será que não sentem o cheiro, não podem fazer um gesto, gritar por socorro? Mas um amigo meu morreu assim e foi encontrado deitado no chão do boxe com uma expressão serena, de quase felicidade. E eu finalmente entendi, não há tempo. Foi o que aconteceu comigo. Eu nada senti até que já era tarde, até quase o fim, e só consegui sair porque alguém me arrancou, me levou para longe, bem longe, para fora da esfera física e geográfica onde se dava a influência maléfica. Mas agora voltei e aqui estou, sozinha na madrugada para contar a história, e se conseguir vencer a noite — apenas esta noite —, estarei salva. Dou as costas à janela, caminho pela sala devagar. O ar parece viciado, tem peso, e é como se eu singrasse com lentidão a penumbra, abrindo nela uma ferida, a escuridão feita de matéria palpável, meu corpo uma cunha. Deve ser pelo tempo que o apartamento ficou fechado. Deve ser, também, pelos sopros assombrados que aqui restaram, aderentes. Mas eu aceitei o desafio e não posso fraquejar, só assim terei certeza de que venci. Passar uma noite aqui, uma noite, e continuar limpa. É difícil, eu sei. É difícil remexer o lodo sem sujar as mãos, mas vou tentar, vou tentar, é preciso. Deixar que a memória escorra, traga tudo, deixar que desçam as lembranças sem ordem, sem depurações, sem filtros. Do caos se fará a catarse, da treva surgirá a luz, e quando a luz da manhã tocar afinal os vidros da janela, eu saberei que estou viva. Deixar correr, deixar, fazer fluir as lembranças, não estancar as cenas, as sensações, abrir os sentidos para receber outra vez todos os gostos, todas as visões, todos os cheiros.

1H15

Eu não conhecia o cheiro de fêmea. Tinha tido homens, muitos, na minha vida errante, solitária. Mas sempre passei por eles como um navio em águas profundas, flutuando ao largo, incólume aos rochedos espalhados ao longo da costa. Nunca nenhum deles me rasgou o casco, me fez soçobrar. Como eu poderia adivinhar o que estava por acontecer? Daquela noite, daquela primeira noite, recordo pouco. Lembro vagamente de um beijo de mulher, no corredor envolto em luz vermelha que dava para o banheiro de uma gafieira. Estávamos todos bêbados, era noite de festa. De olhos fechados, encostada à parede, tive vontade de rir, para mim era uma brincadeira, não podia ser outra coisa. Eu gostava era de homem. Mas deixei que acontecesse. Pensei na amiga que, muitos anos antes, tinha subido ao palco numa peça do José Celso Martinez e uma mulher lhe dera um beijo na boca. Um beijo de língua, molhado e agressivo, que a princípio fora para ela um grande susto mas acabara num momento de entrega. Ela ria, se justificando, e dizia que de olhos fechados não fazia diferença. "É igual, beijo de homem e mulher." Era o que passava por minha cabeça naquele corredor vermelho, encostada à parede. Eu não podia saber. Jamais, jamais. Não teria como adivinhar que a pequena caverna que se abria para mim, úmida e quente em meio à penumbra avermelhada, era o flanco, a fissura mortal, o acesso por onde viria o vampiro. Nos filmes de terror o vampiro se disfarça, seduz, engana, porque ele só pode entrar na casa se a porta lhe for aberta de forma espontânea, ao menos da primeira vez. Feito o gesto, nada mais será capaz de detê-lo. A porta, a porta real, aquela por onde ela entrou, aí está, a poucos metros de mim. Parece inofensiva, olhada assim, a parte interna forrada de couro tacheado, a maçaneta de metal brilhando na penumbra. Não ouso chegar perto. Minhas mãos frias se apoiam nos braços da poltrona, percebo na palma as irregularidades do tecido de tear, o tecido que bebe meu suor, e minhas pernas se dobram para que o côncavo da cadeira me receba. Não sei como viemos parar aqui. Aquela noite, a primeira, me ronda como um torpor, já disse, vejo apenas seus olhos no espelho do banheiro, um espelho salpicado de manchas cor de ouro velho, e de repente a lembrança se transfere para cá, para esta porta que olho agora. Sinto nas costas a superfície de couro, a protuberância do olho mágico cravado em algum ponto da nuca, sinto a mulher que se impõe, envolvendo-me, sinto-lhe o hálito, o cheiro, as mãos que me prensam como tenazes, a boca ventosa que quase me arranca a pele. Tenho a sensação de ser arrastada e aqui estou, jogada nesta poltrona, rendida, ofegante, à espera, e é aqui — exatamente onde estou agora — que ela mergulha e me faz morrer pela primeira vez, o corpo desfeito em gozo e ódio. Mas isso é só o começo, ela quer mais, muito mais, nada a sacia, e as paredes são frágeis para conter seu ímpeto. Na espiral de prazer e dor em que me dissolvo, já não sou dona do meu próprio corpo, ela me domina, e me deixo levar por todos os portais, todos os cômodos, todos os quartos, e cada canto da casa recebe nossos gritos, nossas secreções, as nódoas de saliva e sangue ungindo o chão, unção extrema. E a esse ser andrógino, esse anjo das trevas, macho e fêmea, eu me entrego por inteiro, corpo e alma condenados, deixando que me sugue, que me chupe a carne e me triture os ossos, com a força descomunal que só os loucos têm.

1H18

Os minutos escoam e eu continuo aqui, presa à poltrona onde ela me feriu e me bebeu, ouvindo o som da minha própria voz. Preciso falar em voz alta, sim, ouvir a história como se contada por outra pessoa, para me manter desperta e firme e lúcida. Como no filme. Vampiros de almas, vampiros, pois foi mesmo uma possessão, agora eu admito, e entendo. Meus amigos diziam, me alertavam, mas naquela época eu já nada ouvia. Foi como gás. Ela se infiltrou em mim sem que eu me desse conta, tomou-me de assalto e eu perdi os rastros, a trilha, as pedrinhas, as migalhas de pão, qualquer chance de volta, destruí as pontes, queimei os navios, me afastei de todos. Foi um milagre que ainda tivesse havido tempo, que alguém ainda houvesse conseguido me arrancar no último instante, quando eu já estava no precipício, segurando-me num galho de árvore por apenas uma das mãos. Ao longo do tempo em que estive mergulhada no negror, na floresta assombrada, não tinha nenhum contato com o mundo exterior, nada. Ou quase nada. Às vezes ouvia ainda uma ou outra voz, muito fraca, ao longe. E essas vozes me diziam coisas, me alertavam, me falavam de mim, do quanto eu tinha mudado. Falavam de minha própria voz. Sua voz se transformou, diziam. E a dela também. Ela atende o telefone e nós pensamos que é você. *Ela está tomando posse.* E estava mesmo, passou a reinar nos meus espaços, por toda parte, a vasculhar gavetas, a trocar móveis de lugar. Refez a casa, refez a vida, refez a mim, recriando cada célula à sua imagem e semelhança, como se eu fosse um torrão de barro, uma costela tirada de seu corpo, uma criatura nova a ser moldada, ainda sem vontade própria. A mesma voz, a mesma alma, osmose, encosto, possessão, hoje eu sei. Mas na época não. Não ouvia nada, não via nada, sabia apenas do delírio, da argamassa de álcool e saliva que me envolvia como um casulo. Fecho os olhos e volto a sentir, com toda a nitidez. Não há engano. A noite começa a cair e eu estremeço, mosca na teia, paralisada, aguardando a morte, todas as mortes, todas as noites, madrugada adentro. Madrugada, como agora. Bebendo, bebendo, bebendo sem parar, as mãos trêmulas segurando o copo de uísque, as paredes de vidro suadas umedecendo-me os dedos, fazendo tilintar as pedras de gelo. Há na entrega do inseto um gozo suicida, há terror e desejo em seu coração enquanto aguarda, suspenso no ar, crucificado aos fios. Sabe que vai morrer, mas não tenta fugir e antecipa o contato pegajoso, o sanguessuga, as garras afiadas que abrirão sulcos na pele, as presas cravadas na carne, o sangue, a dor. Por trás do ruído do gelo, ouço o estalo da porta, a vibração das patas que se arrastam pela teia, lentamente. O corpo nu espojado sobre a cama, a alma embebida em álcool, estremecem no prazer antecipado, à espera do beijo, o beijo da morte. Revejo tudo, volto a sentir cada textura, cada cor e aroma, os sentidos da memória trabalham, falam em voz alta. Não, não posso me calar, preciso me manter desperta. Se dormir, ela virá. Eu sei. Eu sinto. O perigo ainda não passou.

1H21

Eu não sabia o tamanho do rasgo, da ferida. Desconhecia o quanto já fora drenado, quão contaminado estava meu sangue, e todo o meu corpo e o meu espírito. O vampiro trabalhava. As manchas azuis no pescoço disfarçavam os pequenos orifícios, a carne esponjosa por onde escapava o sangue e junto com ele todos os fluidos, toda a essência. Eu não sabia. Como poderia saber? Como, se fora envenenada por duas poções poderosas, que envolvem e viciam? Sexo e álcool, sexo e álcool eram minhas noites e também meus dias, pois os dias só existiam na espera do instante em que, posto o sol, o ruído do trinco me anunciaria sua chegada. Foi como gás. Não sei como houve tempo, como ainda pude ser salva. Os amigos, as vozes, aquelas mesmas vozes distantes, conseguiram talvez romper o cerco do mal, não sei, a crosta, a fronteira. Sei que um dia, antes que anoitecesse, eu fugi. Saí pela porta como estava e como estava pedi socorro, abrigo. *Dai-me, Senhor, serenidade para aceitar as coisas que não posso modificar, coragem para modificar aquelas que posso e sabedoria para distinguir umas das outras.* Alguém me ouviu, alguém me ajudou. Eu não via nada, nada ouvia, era apenas um ser amorfo com duas bocas que pediam, latejando de sede e desejo. Mas fui levada para longe, para outra cidade, para um lugar distante daqui, longe da influência, do poder. E isso me salvou. Dos primeiros tempos, só me restou um torpor. O corpo sacudido por tremor e suores, eu sentia as patas da aranha subindo devagar, muito devagar. Tentava gritar e não podia. Mil vezes achei que ia morrer, mil vezes *quis* morrer, mas aos poucos fui acordando para o que me cercava, um mundo feito de lucidez, de calma. *Serenidade, Senhor.* Foram semanas, meses, nem saberia dizer ao certo, muita coisa se perdeu, se apagou. Mas sei — isto sim — que estou limpa. Volto a olhar minhas mãos, na penumbra. Não, elas não tremem mais. Torno a observar os móveis, as cortinas, o tampo de vidro da mesa, que cintila ainda. A porta, o olho mágico, a maçaneta de metal. Ainda falta muito para amanhecer e eu não devo ter medo, só preciso me manter acordada. É minha prova definitiva, sem ela eu me perguntaria pelo resto da vida se não ficara dentro de mim uma parte vampiro, uma porção morta-viva adormecida, esperando o sinal. Eu precisava voltar, estar aqui sozinha hoje, nesta madrugada, e aqui fincar a estaca, marcar a testa com o crucifixo incandescente, deixar entrar a luz do sol purificando tudo, para transformar em cinzas a memória desse desejo doentio. Uma noite, apenas. Madrugada. Os amigos, as vozes, não queriam. Cuidado, disseram. Um dia depois do outro, é preciso humildade. Mas hoje eu conheço os riscos, sei de cor todas as armadilhas, sei que posso quase tudo. Só não posso dar o primeiro beijo, o primeiro gole. O perigo ainda não passou.

1H24

Por um instante fecho os olhos. Sinto contra a córnea o contato seco da pálpebra, como seca é a boca, mas, repito, não devo ter medo. Não sei que horas são. Não faz muito tempo ouvi bater uma hora no carrilhão antigo, que fica no corredor. Cheguei a pensar em trazer para a sala o relógio digital, de cabeceira, mas achei que ficar olhando-o madrugada afora, acompanhando minuto a minuto, seria uma tortura. Melhor assim, melhor não saber, embora às vezes eu tenha a impressão de que o visor com seus números verdes está bem aqui na minha frente. Logo soarão as duas badaladas, não vai demorar. Meus olhos estão pesados, mas vou abri-los, com eles fechados tenho medo de dormir. Não posso baixar a guarda, preciso estar alerta. Abro os olhos devagar, as pálpebras parecem coladas, resistem. Está escuro. Mais escuro do que antes. Sentada aqui na poltrona, de costas para a janela, sinto que a cortina já não deixa filtrar a luminosidade. Parece que lá fora a noite se fechou. Sinto as mãos frias, úmidas, coladas aos braços da poltrona. Talvez vá chover, meus pés também estão frios, as plantas dos pés transpiram. Ouço um troar distante, um trovão talvez. Isso explicaria a umidade, a frieza nos pés e nas mãos, a escuridão crescente. Abro mais os olhos, arregalo-os no escuro, mas não vejo nada, nem a silhueta dos móveis nem a sombra da porta, nada. Talvez devesse erguer a mão na altura do rosto para testar a escuridão, mas meus braços estão inertes, como se atados à poltrona. Sinto um torpor. Não posso dormir, isso não. Dormir seria perigoso. Pisco os olhos, uma, duas, várias vezes. Ainda estão secos, mais até do que antes. Mas estou atenta. Com os olhos mortos, o sentido da audição ficou aguçado. E aí está. De novo, o trovão. Um som mais grave desta vez, que se repete, ecoa. Parece mesmo que vai chover. Respiro fundo. Vou levantar e ir até a janela. Espiar com cuidado, tentar entrever uma nesga de céu, que há de estar fechado, sem estrelas. Sem dúvida, vai haver tempestade. Há no ar, já, um cheiro de terra molhada, trazido pelo vento. Engraçado, mas não há vento. O ar está parado, tudo tão quieto. Mas o cheiro, sim, o cheiro, posso identificá-lo, um aroma tão pesado de umidade que quase tem textura, há nele qualquer coisa de lodo, de folhas em decomposição, de florestas mortas. E aí está o som, ainda mais encorpado que antes, mais próximo. A tempestade sem dúvida caminha. Agora vou mover-me, agora sim, a começar pelas mãos. Mas é estranho, elas não querem, elas se recusam. Continuam imóveis, pegajosas, como se envoltas num casulo, numa teia. Redobro a ordem, mas nem pés nem mãos, nada me obedece, meu corpo está todo ele paralisado e no entanto eu preciso levantar daqui, andar até a janela, manter-me desperta, afastar o perigo. O perigo. Certos insetos inoculam um veneno que paralisa suas vítimas. Sinto um arrepio, as gotas de suor brotam quase instantaneamente da fronte, da nuca. E o som, novamente o som, cada vez mais perto. O suor brota mais, encharca rosto, mãos e pés, a frialdade me faz pensar que estou cravada na lama, na areia movediça, enterrada até o pescoço em camadas e camadas de folhas apodrecidas. Há em torno de mim um cheiro de morte e decadência, e o som, o som que não para.

Já não parece trovão, e sim um som compassado, a intervalos pensados, matemáticos, como se houvesse por trás deles um comando, uma força inteligente. A ordem cerebral dispara como uma chispa, corre de um neurônio a outro, mais rápido que a velocidade da luz, e seu sentido, decodificado, chega afinal aos membros, aos músculos. *Talvez você a esteja chamando.* Mas não, não pode ser. Preciso ter o controle, preciso, é apenas sugestão, fantasia. Talvez tenha sido um erro não trazer o relógio digital, acompanhar os minutos, o piscar dos segundos, seria uma maneira de me manter desperta, em contato com a realidade. Mesmo no escuro, eu veria o brilho verde dos algarismos na contagem regressiva para o amanhecer. Quantos minutos se terão passado? Quantos minutos, depois que o carrilhão bateu uma vez? Agora abro de novo os olhos, as pálpebras permanecem imunes ao veneno, elas se movem, mas de que adianta erguê-las se continuo cercada de trevas? Os ouvidos, ao contrário, trabalham como nunca. E o som cresce, se apressa. Não posso mais negar, não tenho como tentar me convencer, não há engano. O som está cada vez mais claro, cada vez mais perto. Agora sei que ele não vem da rua, dos céus, está na minha frente, aqui mesmo, a poucos passos, do outro lado da porta. *Passos.* Sim, passos. A boca seca não pode gritar, os olhos cegos nada veem, mas os ouvidos estão despertos e as narinas, ah, as narinas dilatadas me transmitem o cheiro, que também é cada vez mais forte e mais real, o aroma acre que fere os canais, que toca a ponta dos sensores e desce aos pulmões, que se espalha por mim, por todo o meu corpo, até que o reconheço e sei que é cheiro de húmus, de terra decomposta — cheiro de sepulcro. Com um gesto desesperado, ainda tento desatar os braços, as pernas, tento abrir a boca para gritar, mas nesse instante percebo que o som está *dentro da casa* e reverbera como as badaladas de um velho relógio, uma, duas, três vezes, anunciando minha condenação.

3H

Três vezes. O eco do carrilhão se estende, metal contra metal, reverberando. Três badaladas, três — mas como? Como o tempo passou à minha revelia, se apenas fechei os olhos? Não posso ter dormido, não posso. Olho em torno, muito devagar. O tampo de vidro na penumbra, banhado pela luminosidade que vem da rua. A porta com a forração de couro, contornada de tachas, aí está. Tudo como antes, tudo quieto. Vejo também a maçaneta de metal trabalhado, daqui enxergo seu brilho com uma clareza quase sobrenatural. Minhas mãos suadas se mexem, livres da paralisia. Deve ter sido um sonho, só pode ter sido um sonho, mas se sonhei é porque adormeci. Os dedos gelados voltam a abraçar o tecido da poltrona, com um espasmo. E os olhos se abrem muito, se arregalam. Só eles se comunicam comigo agora, transmitindo a mensagem. Os ouvidos, não. Já não há som algum. Mas os olhos — os olhos veem. Observam com minúcia doentia a maçaneta na minha frente. *Alguém está mexendo na porta*. Vejo a superfície de metal da maçaneta, as reentrâncias do desenho parecendo formar um rosto, um rosto de duende com seu sorriso maléfico que agora se contorce, se inclina como para me observar melhor. *É ela*. Ela me descobriu. Duas bocas, duas bocas latejando, duas, e eu me ponho de pé, as pernas trêmulas, as mãos suadas estendidas à frente, já sem a âncora do tecido, meu corpo reinando sobre mim, me dando ordens. Ele quer. Eu não, mas ele, meu corpo, sim. Meu corpo vai partir, eu sinto, ouço os murmúrios dos músculos, o estalar dos ossos, movendo-se em direção à porta. A porta que minhas mãos vão abrir, estas mãos que se estendem mais, que me puxam e guiam, que já vão à frente. E o corpo rebelado, o corpo que me carrega, estala agora em uma gargalhada, todo ele sacudido, rindo à minha revelia, e por um instante insano penso que se aqui houvesse um espelho eu talvez vislumbrasse o cintilar dos meus próprios dentes, no escuro. Ou talvez não. Talvez, se aqui houvesse um espelho, eu passasse diante dele e já não visse minha imagem refletida.

ESTA OBRA FOI COMPOSTA EM ELECTRA PELO ACQUA ESTÚDIO E IMPRESSA PELA LIS GRÁFICA EM OFSETE SOBRE PAPEL PÓLEN SOFT DA SUZANO S.A. PARA A EDITORA SCHWARCZ EM AGOSTO DE 2019

A marca FSC® é a garantia de que a madeira utilizada na fabricação do papel deste livro provém de florestas que foram gerenciadas de maneira ambientalmente correta, socialmente justa e economicamente viável, além de outras fontes de origem controlada.